INK

文學叢書

099

流旅

林文義◎著

目次

在到處飄泊，在令人沮喪的遠航之後，
溫柔的港口是否終將出現？
那兒我的靈魂，最終將得到安息以後，
在燈塔近旁堅固的碼頭上，
將凝視大海。

——安德列・紀德〈地糧〉

1

隔著這條十二米寬的異國街道，他彷彿一個水晶體般，呈半透明狀的幽靈，悄然無聲的逐漸挪近……。

晨時的濛霧依然緊裹著這千年古城，膠著不去，似昨夜未融的初雪，纍纍向前伸延，看不見盡頭的石板路面，濕濡反射著微白天光，塵與污水的不潔，歷史舊頁般無言的呈露某種血漬與體液混雜的霉味……他已來到。

隔著一層水氣氤氳的臨街玻璃，我端坐的早餐桌上，緩緩冒著熱氣的咖啡，及可頌麵包，仍未移動的刀叉，泛著金屬的銀光。窗外陌生卻極其灼熱的眼神，緊緊穿刺過玻璃的阻隔，侵奪去我的食欲。

感覺到有些眼熟，是由於少見的東方臉顏，更確切的是不必揣測，應該是一個可以語言相通的華人男子，短鬚上的厚唇，緩慢的唇語招喚，隔著玻璃，仿似觀賞默片般，卻可以明白辨識，這人唇形翕張著正是我的名字，微微抽搐的瘦削雙頰，異常精亮起來的眼神，像突然從某種遠逝久矣的記憶重新被叫醒般的狂喜神色：你是……？

我是……？我朝向他以指比著自己，剎那之間，有些荒謬的恍惚了。我是我，那——玻璃外的人，你，又是誰呢？

古老黃顏色的電車滑過，車窗裡，一張張猶如招貼著的，似醒未醒，沒有任何表情的男女之顏，電車頂端的細金屬線迸出焊接般的些微火花，隱約在空氣中裂帛的摩擦脆響。

我，認識你嗎？與我隔著一層薄薄、冰冷的玻璃，分割著此刻，室內暖氣的微熱及外頭冷冽的冬日之晨，你就緊靠著巨大的落地窗，唇角由於渴切的，試圖更詳盡的表白自己的身分，一再重複著相同的唇語，這次是他指著自己……唇形辨識出，好像是「河」什麼的？第二個字比較清楚的可確認，不是「放」就是「凡」，何妨？什麼何妨？這窗外之人，與我究竟有什麼關連呢？問題是，睡眼惺忪，時差仍未調適，初履這陌生如窗外，濛霧的伊斯蘭古都，內心多少隱藏著無以遁形、不安的惶惑。這突然挪近，哈著呼息熱氣的華人男子，竟令我有種親炙的熟稔，我以急切的手勢邀請他進來。

推門而入，室外的寒氣隨著他那藻色大衣，冷冽的侵襲而至，他以低沉的當地語言向收銀檯邊的胖女人致意，我所不諳的繞舌長句，轉身就與我面對，小心、謹愼的坐了下來，隔著三尺之遙的方形餐桌，仍可以感受到他一身的寒意，像剛從冷凍庫走出來般似的，盛載著某種沉甸的倦怠及滄桑的累積。我職業本能的冷眼端詳，端起熱騰騰的咖啡啜了一口，意識到對方熱切卻是欲言又止，我點燃菸，深吸一口，淡然的問：「我們……認識嗎？」

「你，不就是林書平嗎？」前方之人用力呑嚥下口水，一臉堅信不移的表情，竟然準確的叫出我的名字。驚愕的我，一時竟然感到手足無措……時間大約凍結了幾秒鐘，我微皺雙眉，瞇著眼，仔仔細細的辨識這個清楚唸出我名字的陌生人，究竟是誰？這人取下頭上英國呢帽，稀微近禿的髮絲往頸後梳攏，刻意抹上髮蠟膠質，濃郁的古龍水味道撲鼻而來，雙眉很細長，像女子畫過般的，陰柔、黑亮的眼眸直盯著我，神采異常的堅定，略帶鷹勾鼻梁下的厚唇，由於急於表明什麼，而微微顫抖著，我定下心來，冷靜揣測：許是童年時期的鄰居玩伴……不可能是大學同窗，生性孤僻的自己，大學四年少與人論交，數得出來的同學寥寥無幾，那麼……？

「請問……你哪位？」

「我是何方，你的高中同學何方啊！」

何方？是何方。我記起來了，嗯，沒錯，你是何方，我的高中同學……何方。

我故意偏過頭去，視野投向對街那家仍未開門的店鋪，深藍色的鐵捲門，紅色的伊斯蘭蛇狀文字，一身黑衣遮面的婦人，正在整理排放剛從小貨車卸下的各色花朵，紅的玫瑰、紫的桔梗、黃的波斯菊……

「你，已經忘掉我了，是不是呢？林書平。」

「那麼久遠的事了，要什麼都記住可不容易。」一樣淡然的語氣。

喚起了我的記憶，他臉上閃過一絲些微的得意，見我竟然沒有重逢之後的驚喜，或熱切溫暖的詢問起畢業後的種種生涯，他的臉色由原先的神采飛揚，立刻黯然了下去，一時間，彼此都陷入異樣的尷尬氛圍裡，不知如何是好？

我默默抽菸，他側首向胖女人要了杯熱蘋果茶，而後雙手互握，目不轉睛的直視著我。我很不喜歡何方這樣的舉止，讓我有種被冒犯的感覺，微慍在心中浮起。那似乎靈動、慧黠的深眼，卻有意無意呈現出我向來厭惡的陰沉，難以弄懂的揣測神色，好像下一刻，就是突兀的暴動。

這是我抵達伊斯坦堡的第二天早晨，一月的土耳其進入嚴冬，一下飛機，就讓我這來自熱帶島國的人，冷慄難捱。事實上，這幾個月來，我內心深處早已積滿冰雪，工作與生活皆處在生命最低潮、耗損，瀕臨潰堤的時刻。從事新聞工作，本能所具備的理性、客觀自信不落人後，遠行萬里來到此地，亦非如文學家的浪漫驅使，遭遇低潮之時，尋求自我流放，找個陌生異鄉藉以清理、淨化煩稠的思緒。我不是，我是不得不來，報社要我將土耳其與伊朗邊境，庫德族自治區的消息帶回台灣，我卻在人地生疏的伊斯坦堡，巧遇高中同學何方。

我不想來，我倦了，很厭倦。我寧可每晚坐在人聲鼎沸的大編輯室裡，蹺著二郎腿，喝即溶咖啡，聽辦公室那幾個五、六年級，充滿青春、銳氣的小記者，月旦立法院某些蠢蛋國會議員，誰又因包公家工程和誰分贓不均的吵架，誰又睡了小助理，誰又如何如何……總編輯在我拒絕的當時，起先怔愕了片刻，臉色沉了下去，低首思忖，轉動手上的原子筆，輕咳幾聲，以指托托滑下鼻梁的細金框眼鏡，帶著些微懇求卻又半命令式的反詰語氣，低聲的問我：

「你不想去，那麼誰去？書平，我拜託你。」

「爲什麼一定要我去？別人不行嗎？」

「唉，書平啊，老兄弟別任著個性，就算看我私人的面子好了……」總編輯眼神爍利如刺一般的倒映著天花板的日光燈，半是激勵半是威脅：

「國際新聞的採訪老手了哦，難道你忘了那年我們一起跑南韓學運，那麼有默契。還有你，單刀赴會北呂宋的毛派游擊隊首領的獨家訪問，還有東帝汶……」

「那是以前，現在沒力氣了。」我淡然著。

總編輯逼身貼近，手掩著唇，故作神祕的輕語：

「你應該感謝我的……我是說，你不是剛離婚嗎？低落的心情我怎不明白？」

「什麼意思？你……」果然，我被激怒了。

「我說書平啊，不要誤解別人的善意。」語帶警告的指著我，故意讓編輯部所有同仁聽見，以鞏固總編輯權威般的提高音量：

「就這麼說定，你去土耳其。」

此刻，我正在土耳其古都伊斯坦堡的早餐桌旁，猛力排除方才湧上的不快記憶，何方無語的啜飲蘋果茶，街上的濛霧漸散，晨起工作、上學的人群開始擁塞、聚集，忽地——喃喃如咒語的播音聲喧譁的穿耳而來，何方昂首，讀出我的迷惑：

「早晨朝拜，那是清眞寺的可蘭經文。」

何方對此地的熟稔，多少令我疑惑、欣喜參半，這陌生的千年古都於我幾乎是一張白紙，對他而言，卻十分自在；二十年一別，這個名叫何方的人，去了哪些地方？做了什麼工作？生命裡頭發生了哪些事？忽然，我有了深深的興趣想要了解。但，從何問起？他亦有等同的探詢期待吧？對我，對他，也許可以說上一整天……二十年一別，哪怕年少同窗，也僅是青澀話從前吧？士林夜市吃辛發亭蜜豆冰，民族戲院在黑暗中看著愛雲芬芝的情色魅惑，十七歲少年的心怦然作響……記憶慢慢的，慢慢的，像倒映的影片，他說：

「我叫何方，從高雄左營高中轉來台北，我的父親是海軍中將，在大直……」

午前出了太陽，身子暖和許多。佇立在歐洲區與亞洲區交壤的加拉塔橋中央，風吹著我，像輕飄飄、毫無重量的紙鳶，我是個被耗損到已無意念、知覺的幽靈，東飄西蕩沒有方向，手裡抓著市區地圖艱難的一一辨識，我背對著馬爾馬拉海，前方是壯闊流去的博斯普魯斯海峽。

2

林書平，似乎對我是冷漠的。

我一直竭力的探索這個答案，但，無論如何，他不該那般對待我，甚至可以隱然感受出他眼裡所不經意呈露的不屑……他究竟在傲慢什麼？一直一直地，我在找尋他傲慢、不屑、冷漠的理由。十七歲那年，燦爛如春陽般的美少年笑容啊！二十年後不期而遇，怎會是滿臉寒霜？像把匕首……二十年來，林書平遭受了什麼？生命中不予人說的創痛？抑或是現實環境使然，尊貴的媒體人，社會輿論的重鎮，眞的是如此庸俗同化？

林書平，你能否給予我一個誠實的答案？或者是已然成年了吧？青春、充滿理想與追夢的少年，一旦成年，不自覺被現實形塑爲世故的模樣吧？想到這裡，自己都油然的心虛了起來，那麼，何方，說說你自己吧。心靈的幽暗底層，沙啞的反問著，忽然，不知要如何形容自己？我移步到巨大的鏡前。

看啊，鏡子倒影著另一個何方，我的分身，也就是我的最初，純淨無垢的自我吧？這樣的臨鏡自照，一再一再的刺傷著我，眞眞實實的肉體置放於現實的存活空間，蒙塵而不潔，敗壞以及墮落……何方，我的名字叫何方，而眞實的我，最初的我，又在何方？

鏡子，是我永不背離的戀人。

浴後或晨起，不著絲縷的裸身相許，我的肉體是我撫慰的忠誠之伴，藉著揉搓自己，極樂登天的一刻，已然獲得最大，無可比擬的救贖、解放。如今僅能戀慕鏡中的分身，而再也無法涉足世俗、現實裡的他人……這就是我心中最深的哀傷。

林書平，我最難忘的高中同學，你應該來拜訪我這可以眺看博斯普魯斯海峽，面向亞洲大陸的美麗閣樓，白天幽藍海色，夜晚船燈點點。鑲著古代伊斯蘭藍寶石顏彩的拼花瓷磚露台有二十坪大的淚滴弧度，橄欖葉青銅迴欄是威尼斯工匠打造、鍛製的，如果你願意前來，就請斜臥在那張卡西納的馬皮躺椅，悠然坐擁世上最美麗的山光海色，啜飲醇酒……。如果沉醉於溫煦海風，就放心的沉沉睡去吧，這是你應該享有的。

眠夢中也許回到古老的羅馬人時代，或更遙遠的亞歷山大東征的壯舉，博斯普魯斯海峽，在你幽然醒來時，眼中所見，戰船鳴鼓，殺聲震天，炙烈的火焰，冰冷的雪花，古代的君士坦丁堡，今日你所初旅的伊斯坦堡，我棲身多年的異國他鄉。

你一定要來。林書平，你一定要來。

每天，對著鏡中的自己說話，吶喊著：

「我是多麼的寂寞啊！」

多麼多麼的寂寞！餘音裊繞……只有自己知道，鏡子知道。這漫漫遙長的流放歲月，日以繼夜，海潮聲嘩然，在我孤寂的夢與醒之間，像永不停奏的千人交響樂團，哪怕子夜霧鎖海峽，三十多公里長的航道，大小船舶不絕於途……暈黃的船燈，沉渾的船笛，穿過我不曾拉攏的絲帘外，露台的景致，我的鄉愁……唉，我還有鄉愁嗎？對我而言，鄉愁兩字，只像是文學裡的單純字彙，早已失去了意義。

沒有人知悉，這裡才是我的城堡，心靈可以全然安心放下之地，與鏡中的分身共享，這是我的多瑪巴切後宮，想像眾多的、被閹割的男性、膚色如黑夜的非洲男僕，豐美如駝峰的胸肌，喘息如大漠之豪壯，眸深如海中的珍珠……。

少人知悉，這面海的昂貴公寓，住著我這來自遙遠島國台灣的中國人，可笑的是，我拿的是一本名不見經傳的貝里斯護照，是個壓根兒我從沒去過的國度。地圖上標示，貝里斯位於中美洲，大約是墨西哥與巴拿馬之間狹長的貧困小國，任何人只要繳上一萬美金，不需要坐移民監，即可堂而皇之的成爲公民，人稱犯罪者的天堂。

所以，我的老同學林書平，你不能不來看我，我一定要化解你對我所呈現的冷漠。我死去的父親喝斥我無恥，他無情的放逐我，如今卻是我自己選擇自我流放。我恨父親，但憎恨一個死去多年、官場失意的老人又有何用？忠黨愛國一生，中將作戰司令止於盡頭，退休俸讓我娘在加州依然安適的摸她幾十年不斷的衛生麻將，養尊處優的何將軍遺孀，昔日上海社交名媛，好像一直不曾老去。

貝里斯籍的獨生子，回過台灣一次。十多年了吧？台北近郊汐止五指山軍人公墓，父親入土的那天早晨，小雨綿綿落著，層疊的遠山近樹，一片水濛濛，我卻淡漠冷凝著一張臉，一身黑衣的母親低聲抽泣……我絲毫聽不出她由衷的悲哀；直到海軍儀隊對空鳴槍，她才作勢，撲向棺木，尖厲的哭號數聲，似乎像齣極端無趣的戲劇做個令人打呵欠的結尾。儀隊將覆棺的中華民國青天白日滿地紅國旗，鄭重的摺疊成三角狀，交予我娘時，她不耐的接過，立刻輕蔑的拋擲在我來不及反應過來的手上，以至於滑落到泥濘不堪的墓穴邊緣，引起一陣驚呼。我睨視著她，娘啊，妳也恨我老爸是不？

林書平，你不知道吧？每個家庭都有不爲外人知的艾怨糾葛，你應該來我的住處，我們閒適的喝酒、抽菸，我會一五一十的告訴你，屬於我家族的故事，以及二十年來，我內心的明暗轉折，相信你會有興趣聆聽，你不是一個最好的新聞記者嗎？探索事實以及揣測動機不就是你工作的本能？我可以看出你初到此地的不安困惑，哪怕在我面前故作冷漠，甚至從你淡然的眼神流露某種輕蔑、不屑；在伊斯坦堡，只有我能指引你如何前去所要到達的地方。

早晨，在對街，我一眼就看出你了，那般鮮明的台灣人臉孔，和我所熟稔的高中年代的你，俊秀溫文的娃娃臉；二十年來，連眠夢都一再浮現，是我這半生最難以忘卻並深刻於心。書平啊，冥冥之中一定有一種難能了斷、神祕的力量，就是要你我在此重聚……。

早餐桌旁，你是那般的孤零無助，忙亂的翻看攤開的伊斯坦堡市區地圖，你不知在對街的我，已凝視了你好久，我按捺著狂喜猛跳的心，目不轉睛的從揣測到全然確定，在記憶的盒子裡往前推溯，猶如這冬晨冷慄、幾近零度的濛霧，果眞是林書平，果然就是你！

你決絕的不要我最卑微、最誠心的邀請，甚至極不情願的收下我抄寫在早餐店名片背面的電話號碼，冷冷的丟下一句：再聯絡。就斷然起身，頭也不回的推門而出，絕塵而去。

我們之間，眞的有誤會嗎？

2-437-881-6502，這是我住所的電話，急切而渴望你能打電話來，你沒有留下機會讓我明白告訴你，至少，我比台灣外交部在此的台北文化經濟中心對你更有用處，你必須要相信，一如我對你的堅信不移。

現在是伊斯坦堡時間向晚四時，台北文化經濟中心的官員正陪著你，或者自己拿著市區地圖按圖索驥？此時此刻，你人在聖索非亞大教堂還是藍色清眞寺？或者你已閒逛到黃金灣旁的海鮮夜市？鄂圖曼帝國時代留下的貯水場？亦或觀光客不能免俗的，吃晚餐兼看肚皮舞？你爲什麼不來我這裡？

2-437-881-6502，你有我的電話。

悵然若失……焦躁、沉鬱仿如露台外欲雪的橙色捲雲，黯然、挫傷的向我緩慢移近，我需要一杯酒，現在就要！否則，我會習慣性的陷入逐漸加深的沮喪，沮喪之後，我會暴怒，我會狂亂！

琥珀色的酒液在水晶杯裡濃稠輕晃，我必須要以輕緩的樂曲調和我隱抑不住的躁鬱。我放了羅絲瑪莉．克隆尼（Rosemary Clooney）的老歌，樂曲悠柔的流迴著，是我所熟悉的舞曲，雙腳、腰身自然的跟著節奏晃動，鏡子裡映照出窗外的黃昏光暈，一種金銅色的古老輝煌，我的身影晃入鏡中，幻覺裡，我的分身與我同步共舞，我迷濛的眼神端詳鏡子，分身回我相仿的對應……。

在露台的馬皮躺椅坐了下來，對岸的亞洲區沿著丘陵構築的住宅逐漸上燈，從稀微的星點一下子亮成大片璀璨，暮色蒼茫之間，遠近的清眞寺拜塔，劍般的仿似剪影……成群的海鷗，以軍隊般極其整齊的行列，與壯闊的海峽平行翱翔，一艘巨大的貨櫃輪，從北方的航道緩慢的劃浪而來，綠色地球中間飾以十字星，心中一懍，是不堪回首的故鄉——台灣，開來的船隻。

林書平，此刻，你人在何處？

3

「你總是存活在自以爲是的個人價值裡，有沒有想過別人的感覺？林書平，你不覺得你非常的自私，非常的獨裁？」

這是以芃多年來常掛在嘴邊的指責，起先不以爲然的辯解，甚而引起爭執，慢慢的也就習以爲常，就讓她去說吧，久而久之也就麻痺了。以芃逐日俱增的憤怒與埋怨，我不是不明白，有時我也捫心自問：眞的是忽略她了……一個朝九晚五的國中歷史教師，嫁了我這樣作息晨昏顚倒的新聞記者，日子如何做最妥善、適切的調和？連做愛都排不出優閒的共同時間來，好像說的是笑話一則，卻也顯示出生命中無限的悲涼。再早回家，也已近子夜零時，推開家門，僅留下客廳一盞昏黃的小燈，餐桌上留著兩、三盤菜色，一副乾淨的碗筷，外加一張便條紙，寫著：

我先去睡了，明天要早起，
飯在電子鍋裡，請自行取用，晚安。

以芃

晚安，以芃。我常會默唸著這名字，多少是內心的歉意與感念。有時會帶個她喜歡吃的瑞士蓮巧克力或一束香檳色玫瑰，同樣留下一張便條紙，匆匆寫上：TO LOVE。相信翌日晨起以芃會看見。她起床的時刻，我還在幽幽的深眠之中，貼心的她不會叫醒我……天啊，就這麼幾年，我們成了標準的「便條紙夫婦」；玩笑的自嘲，寧願以芃和我是喑啞之人，以手語交談即可，不必大費唇舌。

現在，我正坐在台北駐伊斯坦堡經濟文化中心的參事桌前，尋求前往東部國境的可能協助。參事姓鄭，自稱是花蓮人，清癯蒼白，約莫四十歲的男子，典型的台灣外交部人員的模樣；溫文爾雅，卻又小心翼翼；他托一托鼻梁上的無框眼鏡，外交詞令的說：我們對國內來的媒體朋友，會盡力的協助，但是由於台灣和土耳其並沒有正式邦交，而且中共常會從中作梗，官方的協助可能有困難，只能拜託民間人士……。

「不過，林先生，你想到伊朗、土耳其、伊拉克交界怕有困難哦……怎麼會想去那裡呢？」鄭參事面露狐疑的凝重起來。

「報社指派嘛，一定要去。」我回答。

鄭參事回過身去，指著他辦公桌後面牆上的土耳其全圖，簡報式的說明：

「這東部國境戒備森嚴，是英、美劃定的禁航區域，庫德族游擊隊出沒，相當危險的地方……」回過頭來，帶著警告意味的深深盯看著我：「而且，土耳其官方嚴禁外國記者進入。林先生，你還要去嗎？」

「這是我的工作，不能不去。」明白這傢伙試圖要我打消念頭，我還是不爲所動，堅決的打算前往。鄭參事用力搖搖頭，溫文的臉顏開始露出些許不耐，又立刻回復故作的誠懇之狀，輕咳兩聲，撥弄著桌上的文件，有種逐客的味道：

「不瞞林兄說，我可以稱呼您林兄吧？」他笑得很虛假，像一張面具：

「我是擔心會有安全上的顧慮。」

「唉呀，參事大人，你就明講，是怕影響土耳其當局對代表處的看法吧？」

我故意笑得很大聲，有些嘲弄意味：

「我正是要去庫德族自治區，幫不幫忙？」

他一時慌亂了起來，被我一逼問，口帶急躁的忙說：「這樣好了，我替你安排和土耳其政府新聞局人員見面，請官方提供資料，不就得了嗎？」

我沒有立即答話，冷漠的朝他微笑。

「鄭參事，我是一定要去的。」斬釘截鐵的結束了我們之間的交談。

走出辦公室，事實上自己是心虛的，卻仍然要帶著尊嚴且自若的表情。推開那扇沉甸的大玻璃門，冷慄的寒風吹面而來，又回到了兩天前抵達伊斯坦堡機場那種惶惑不安。

街邊堆積的殘雪，被來往頻繁的行人踩踏得污黑泥濘，我走了幾步路，一時愣駐足，看見街尾的盡頭一片蒼綠汪然的海域，心想就朝那裡散步過去吧，卻是舉步維艱……從來不曾有過，像這樣的採訪任務讓我如此之厭倦，何況根本尚未開始，怎會覺得整個人逐漸沒有力氣，變得沮喪而焦慮？我林書平一向不是個容易消極的人，面對工作，狂熱奮進，怎麼這一次……一群鴿子譁然從天而降，翅膀猛烈拍擊的力道，明顯得讓我嗅到一種腥羶的不適，前方廣場的銅像下，有幾個老人拋灑著玉米粒，鴿子無以數計的圍聚過去，熱鬧的榮景。

銅像上紀念的不知是何人，只見軍人揮刀奔馬作衝鋒狀，軍帽頂端垂下一道道如淚痕般的鴿糞、水漬，污髒的灰白。抵此，我僅認得土耳其國父凱末爾，他的半身照片一如可蘭經文，四處可見。這是一個美麗而神祕的伊斯蘭古都，曾經在年少時傾往很久，那是大學時代狂熱的參與詩社，迷戀著第三世界詩人那充滿人民與革命的聲音；除了智利的諾貝爾獎詩人聶魯達外，特別注意到半生繫獄的土耳其詩人納京西克曼，那時我多麼愛朗誦他的詩作：

我們叫喊著，回音來了
打開黑簿子：地牢
一架機器的皮帶扭下一隻手臂
扭斷的骨頭，還有血
一禮拜只煮一次肉

在我們的烤盤裡
而我們的小孩做了一天的苦工回來
瘦得像骷髏
現在，你們都知道——

但相信
我們將看到美麗的日子
我們將看到晴朗的日子
我們將駕著我們的汽車向
藍色的地平線
駕著它們……

至今，我仍驚訝於自己具有如此強勁的記憶力，能夠隨口唸出這首納京西克曼題名為〈樂觀〉的詩作，就在漸入中年的此刻，我竟然站在詩人的故土上，卻早已失去應有的狂喜與傾往，並且疲累、沮喪。原因除了兩個半月前與以芃離了婚，另外多少是偶遇了何方，我的高中同學……，如果可以選擇的話，寧願與他錯身而過。

他是我在世上最不想見到的人之一……。

海域有向晚霞色留影，粼粼泛著金黃橘色，陽光餘暉照著一身厚重外套的我，暖和舒服，從大樓或商店的簷下走過時，卻刺痛的冰寒，這時候，就讓我有擁抱一個暖熱、豐腴且白皙的女體的強烈渴求，我想到和我生活了九年的以芃，是她忍受不住，提出離婚要求的：

「如果，你眞的愛我，請讓我離開。書平，讓我好好的走，沒有牽掛的走，求你。」

以芃那般堅決，冷靜得不帶些微眷戀的攤開她所自擬的離婚協議書，要我簽字，用印，反而是我遲疑了片刻，結結巴巴的反問她：「一定非得如此不可嗎？」

「我不想爭執，書平，你放我走。」這是她留給我的最後一句話。

岸邊，許多人在垂釣，幾個賣羊毛披肩、小絲巾、地毯的小販圍了過來，用日語喊著：「美金十塊錢一條，阿里阿多！」見我不予理會，並且繼續向前行走，小販們焦急著臉色，追著我小跑步趨近，紅的、綠的織品在我眼前搖晃：「八塊錢，阿里阿多，美金八塊錢……」心裡隱隱疼痛起來，以芃一向喜愛這種中亞異國民族色彩的披肩絲巾的，如果沒有離婚，我會高興的精挑細選以芃合適的花色，如今，我要送給何人？

歐亞大橋像一道巨大的長虹，加深的暮色煙嵐，使它看起來仿如夢幻，一艘巨型的橙色油輪，前舷中央浮雕而出的紅星，俄文船名，從海峽的北方黑海駛來，船身顯得斑駁老舊，想是蘇聯時期的老油輪了，破浪而近，舷邊站了一排船員，他們也正在欣賞黃昏的伊斯坦堡景色吧？

我無法像那些俄國船員可以如此優閒自在，我的工作才正要開始且毫無頭緒，經濟文化中心的管道看來不通，卻不能斷了聯繫，尋求民間協助……我不得不想起，只好找何方了，否則，我幾乎是寸步難行。縱有百般不情願，還是從口袋裡掏出了他抄給我的電話號碼：2-437-881-6502……。

4

我熱切的問你想喝什麼酒，你別別手說不必，只要茶。眼光獵犬般的巡搜著我屋中的各樣擺飾，從落地的德國古董銅鐘到壁爐上的北魏石佛，漫聲的問道：「你喜歡蒐集古董？這些物件價值不菲哦。」說完，隨手拿起一塊雕著聖經屠龍造型的水晶紙鎮，朝著燈光，仔細端詳久久，視線就是仍然不落在我身上，從走入我房子的那一刻起，我深深體會到你一貫的冷漠並無拋離，爲什麼啊？書平，什麼原因讓你的態度冷凝若窗外的冬寒？

我不會怪你的，眞的不會。此時此刻，我的心中是異常欣慰的，彷彿盈溢著一首極其輕快的樂曲，至少，你終於肯來拜訪我這美麗的閣樓，你和我之間應該有很多回憶可以彼此交相喚起，那些遠離了二十年，燦爛、青春的高中年代，我曾經那麼那麼的仰望你，帶著思慕的，相異於男孩與男孩之間的交情……。

你終於在我面前坐了下來。

「何方，你似乎過得不錯嘛。」你啜了一口蘇格蘭紅茶，我則替自己斟了杯人頭馬醇酒，並且用眞空管音響放了帕爾曼的電影音樂，漂亮的雙眼皮下的黑眸直刺了過來，晶亮的眼神充滿揣測、探詢。

「搬進來兩年多了，因爲這公寓的頂樓視野寬廣，可以俯看博斯普魯斯海峽。」

「很昂貴吧？伊斯坦堡最好的景點呢。」

「離開台灣，就當船員去了……不像你這位老同學，上了大學，還做了大報的記者。」

「當船員待遇不錯嘛，可以買這麼好的高級住宅，收了這麼多的古董。」

「你猜錯了，房子是租的，哪買得起？三十五坪大賣美金一百萬。何況我一直在漂流……你忘了我只是個船員。對了，書平，你應該結婚了吧？太太好嗎？」

你微蹙著眉頭，似乎對我的提問有著些許不耐的神情，你兀自點起菸來，我順手將菸灰缸遞上，你深深吸了一口答說：

「剛離婚不久。」食指俐落的畫了一下：

「不談這個。何方，倒是說說你自己，一直跑船，這幾年，有沒有回台灣去？」

台灣？你問得我何等倉皇啊，台灣？而今於我是多麼陌生的名詞……你不該如此問的，書平，台灣只會刺痛我的心，不是因爲你，是我那死去的父親。你從那個地方前來，卻問我有沒有回到那個地方？我還是必須回答你的詢問：

「幾年前回去過一次，參加我爸的喪禮，他葬在汐止五指山軍人公墓。」

你微露遺憾之意，並無太大的驚訝表情，畢竟，你不曾見過我的將軍父親，只淡然的說：「哦，那是國葬，很榮耀的。」

榮耀？榮耀個屁！林書平，你不明白我那嚴厲、苛刻的老爸把我看成什麼？當成一條狗，用棍子打，要趕我出門，罵我敗壞了他的名聲，說我是眷村的恥辱。你不會知道，是他讓我含恨遠離那塊孕育我的島嶼，割斷所有與台灣的聯繫。

「那，伯母呢？伯母還好吧？」

「在美國加州，和我三姊同住，很好。」

「哦，那就好。」你點點頭，捺熄了菸。

你高領紅色的毛衣，襯著英挺的上半身，臉上的輪廓在我眼中還原了高中時代的熱稔，我清晰的憶起那一個燠熱的子夜，你沉睡中，沁著汗意的青春裸體……。

「何方。」你正色的隔者桌面，微傾過來的臉顏，我可以嗅到你的氣味。

「何方，我需要你的幫忙。」

我怎麼可能不知道你的來意。無事相求，你是不可能來找我的，重逢之時，你的冷漠夾帶著有意無意的輕蔑，我已然明白自己在你心中是沒有位置的；慢慢的，在這兩天奮力的追憶中，我終於找出你對我所呈露不屑的遠因，那是一件遙遠的往事，於我是美好，相對於你卻是難堪……。書平啊，我不會怪你對我的態度，站在你的立場，你絕對有權生氣的，但，也未免太久了吧？記恨記了二十年。

你想到東部國境，我會盡可能的協助你。朋友幹什麼用的？這點義氣我還有。

我不由然會想起我老爸以前最慣於罵我的一句狠話，他總是怒斥我：

「何方，你知道嗎？你是個廢人，沒用的東西！」

好像他在司令部拍桌子責罵下屬的模樣，有一次他如常的用這句狠話吼我，我實在按捺不住，語帶嘲諷的頂了回去：

「老爸，我是廢人，我沒用，那你呢？中華民國堂堂的海軍中將，你有用就反攻大陸嘛，退守台灣，算什麼英雄？不會作戰的軍人，當什麼海軍艦隊司令？」

這下十足惹怒我老爸了，他暴跳如雷的隨手拿起擱在客廳角落的高爾夫球桿，追打過來，怒不可抑的一臉豬肝色漲紅，喝斥道：

「我何唯中今天不打死你這不肖子，我就愧對列祖列宗！」

一陣劇痛，擊背而來，我拚命奪門奔逃，我老爸氣極敗壞的在後頭追打，我們眷村的大大小小，無不開門窺看，而我那養尊處優的娘，外出打麻將，尚未返家，看不到這一幕。那一個晚上，我不敢回家，流落在高雄市區的愛河邊，本來打算從哨船頭搭渡輪去旗津，掏遍口袋卻找不到任何銅板，只好順著幽暗的愛河岸邊，毫無目的的往前行去；我可以去找我娘的，我知道她在柴山要塞下西藏路王媽媽家，她們一群婦聯會的軍眷，三不五時雀戰不歇。我就是不願意去，否則，要上一、兩百塊錢是沒問題的，王媽媽她們出手闊綽，會給我吃紅。

漫無目的的走著，夜深人靜，白天的愛河又臭又髒，晚上，黑暗的河面映照著對岸的廣告霓虹燈倒影，顯得波光粼粼，偶爾會有工人模樣的男人騎著機車，後座搭載著穿著入時的年輕女子，近身過來，悄聲的問：

「少年吔，要不要找個女人？」我搖一搖頭，對女人我沒有興趣，何況身無分文。我只是在愁苦，這樣觸怒我老爸，雖然逃了出來，還是得回家的，一頓毒打是難免；那，我爲什麼要膽怯、懦弱的逃家？老爸再生氣，也很少像這次，氣成那樣，是我故作挑釁的嘲謔，擊中了他最不堪聞問的痛處嗎？至少，老爸是個身分尊貴的海軍將領啊。

少年歲月的高雄愛河，是我逃家或孤獨時，常去的地方。會選擇暫時棲身於博斯普魯斯海峽的岸邊住所，多少也是出自於冥冥之中對愛河的追憶吧？如今，那昔日之景，我卻十分朦朧了。

你起身告辭，說夜深了，必須回旅店，你尋著擱在沙發椅靠上的厚外套，拎著它，隨步挪近露台，輕呼：

「啊，下雪了……。」

我悄然來至你的身後，緊摟著你直挺的背部，感覺到你身體一抹微燙，或許是屋裡開著暖氣，我推開落地窗，冷慄的夜氣猛地撲面而來；對岸的亞洲大陸燈火稀微，海峽迷濛起霧，雪花悄然無聲的飄落，泛著銀亮的反光。

「果然下雪了。」我附和著。其實我很想衝動的請求你留下來，但我明白你想離去的意念強烈，你的來訪是勉爲其難的，我也不想礙了你的決定，讓你走。有求於我，你明日仍要如期出現。

難得的，你並沒有立刻離開，顯然是被航道上緩緩來去的船燈所深深吸引，看你這般專注的凝視，驀然，有種久而未感的輕微幸福浮現我心，你感動的讚嘆：

「伊斯坦堡的夜景，眞美啊。」

「書平，你可以留下……不要回旅店。」我輕聲的試問，小心審慎地。

「不了。不過還是要說，謝謝你了，何方，很高興會在這裡和你重逢。」

「不要客氣，老同學了嘛。」

你穿上外套，走向大門，我替你開門，在電梯口，你有禮的揮手道別。

我看著電梯樓層的數字：十、九、八、七、六……確定你已走出公寓，才回到屋內，穿過落地窗，站在露台的欄杆旁，冰冷的雪花飄落在我的臉頰，幽暗的青石台階很陡很長，我看見你沉甸的身影，腳尖小心試探的踩穩，石階間已薄薄積雪，反而成爲照明的指向，你慢慢下到岸邊籠罩在橘色霧燈中的馬路，揮手招了計程車，一下子就消失在壅塞房舍所阻擋去的視野之際，你走了。

你走了，我的心似乎也跟著你離去。

二十年的隔離，好像一下子又連綴起來了，這是冥冥中神的安排是不是？或者仍未了斷的某種因果……，至少我確定你早已將我遺忘，甚至不願想起，連生命記憶的盒子都不想留下我的任何痕跡，我，卻對你念念不忘。

5

「我一直在漂流……我只是個船員。」

何方在他華麗優雅的客廳說這話時，那眼神是閃爍的，不敢正眼看我，回看所擺飾的那些古董珍藏，明白的闊綽富有，直覺的，似乎有所隱諱，至少讓我無法全然相信，某些地方他是在說謊。

但，話又說回來，我們只是闊別了二十年的高中同學，成年之後，各有天涯，從未有交集，更別說利害相關，以常理而論，何方亦無說謊的必要，但我就是信不過他，這究竟是出於我的偏見，還是肇因於他給予我某種神祕的感覺，好像他一直在暗處，而我在明處，這麼多年，他發生了何事，去了哪些地方，問他，也僅淡淡、跳開的以「就是以跑船為業」輕輕帶過，不想多談自己。

升上高二那年，班上來了幾個轉學生，何方就在其中。由於他是外省子弟，又是從最南方的高雄左營高中轉過來，引起我很大的好奇，自我介紹時，一口山東腔音，帶著公子哥兒有些輕佻的自我調侃：

「我爸是海軍，調來大直總司令部，怕我在高雄惹事生非，要我轉學來台北，可以就近管教……。」

何方個子比我高半個頭，奔跳在籃球場時，運球、閃躲、上籃的動作巧妙矯健，往往讓我看呆了，場邊的女生班，無不露出傾慕的欣羨之色；中場休息時，陽光下汗涔涔濕透背心，拿著毛巾拭汗的帥氣，使得那群胸線已突出的女生們竊竊私語，勇敢、大方遞上飲料的大有人在，何方連看都不看一眼，反而在放學之後，瞇著一雙細長的眼，邀我去逛士林夜市，習慣是先去陽明戲院右側的巷裡吃二十五塊錢的自助餐，再去「辛發亭」要一碗蜜豆冰，有時就去民族戲院看中間穿插色情的外國電影，少年時光，何等美好。

「欸，何方，學校那些馬子對你不錯哦，媽的，我就沒這機會。」我揶揄著。

他僅是無語的招牌式微笑，不置可否。我倒是開始注意那群白衣黑裙，對運動健將何方極其崇拜的女生們，甚至時而暗自窺探她們身後那明顯的胸罩扣環，前襟下隱約呈露的白皙頸胸間豐潤、瑩然的膚色，下體剛長出陰毛的男性時而不預期強壯勃起……。

從不曾聽何方提及對女生的好奇或戀慕，倒是有一次跟他回家，從外雙溪穿過自強隧道就是大直，基隆河以壯闊之弧狀，蜿蜒流淌而來；何方家是獨門獨院的日式平房，養了一隻虎虎吠人的秋田狗，開了紅色小門，迎面的是一株枝葉茂密的印度闊葉樹，低矮的桂花叢，芬芳的香氣，一個穿著暗色鑲金旗袍，挽起後髻的典雅婦人，正在樹下的竹編鳥籠，逗弄啁啾不止的畫眉。

「媽媽，我的同學，林書平。」何方迥異於學校裡的豪邁、健朗，反而變得柔性、略帶羞赧的將我介紹給他母親。入時打扮的何媽媽，瞇著一雙與兒子如出一轍的細長之眼，微笑的輕語：「歡迎你來。」

這是我唯一一次見過何方他娘。

客廳牆間一幀十二吋的黑白全家福相片，方臉嚴肅的何爸爸，身著兩星戎裝，何媽媽華麗的牡丹花紋旗袍雍容貴氣，他們身後是三個秀緻的女生（何方的三個姊姊），以及一旁，理著平頭的何方。相片裡的何方，有一種難以言喻的無奈與苦澀，好像不情願拍照似的。

何媽媽取出山東桃酥，並且煮了桂花酒釀湯圓，親切的招呼，讓我這初次造訪的少年，一時之間手足無措。

何方爲我安排的行程是：明晨七時三十分搭土耳其航空班機，從伊斯坦堡飛往中部首都安卡拉，那裡會有人接應。

我倒是做了一件卑鄙的事。在旅店撥了越洋電話回台北報社，請國際要聞版的同事小紀，幫我調查何方的資料：

何方，一九五七年生於高雄。

父：何唯中，海軍中將退役，歿。

要求資料：何方何時離台，職業爲何。

據悉持貝里斯共和國護照。

這大概是我這輩子所做的最爲卑鄙的事了，老同學好意的協助你，你竟然調查人家，的確是恩將仇報。但，我不能不這麼做，我認爲何方在暗處，我在明處，身處他鄉異地，不得不提防。這讓我不禁憶起幾年前在菲律賓的不快經驗，奉派在馬尼拉與唐人街的潮州華僑接頭，付了三千塊美金，到北呂宋的荒蕪群島某處，專訪毛派游擊隊首領。子夜零時，一搭上漁船就被蒙上雙眼，只聞船尾噗噗作響的引擎聲以及槳葉破浪的沉甸水聲；在無邊的黑暗裡，我告訴自己，必須鎮定、冷靜，其實內心深處的恐懼隨著航程的加長而更深邃。暗自在心中數著時間，從一數到一百，再反覆一次，多少可以揣測，從出航至今約莫經過多少時間，亦可由此盤算出里程若干，倏地，腦門左側，一管冰冷堅硬的物件粗暴的抵了過來，有人怒喝著以蹩腳的英語逼問我：

「坦白的回答，你，是不是CIA的人？」

CIA？他們竟把我想成是美國特務？反而使我安下心來，異常平靜的語氣：

「待客之道不是這樣啊，我的菲律賓朋友，我僅是一個台灣來的記者。」我啞然失笑，攤攤手，做無辜狀。

他們開始搜我的身，抽出我的皮夾，劈里啪拉的紙片翻動聲，我大呼：

「可以看我的證件，請不要動我的錢！」

似乎打開了我的隨身行囊，我請求他們拿開抵著我太陽穴的手槍，並且千萬別弄壞了我的尼康單眼相機，翻動之後，有人還不太相信的碎語著：

「誰知道呢？台灣不是最聽美國帝國主義的話，老美一怒，台灣噤聲。」

那次的採訪幾乎成功的完成，誰知一回到馬尼拉的旅店，菲律賓政府的安全人員就找上門來，在他們那悶熱、窒人的警察本部地下室，被足足詢問了十二個小時，華人探員攤開我書寫得密密麻麻的採訪筆記，操著濃厚的潮州腔閩南語警告我，這樣是會觸犯了菲律賓法律，經過我以國際新聞記者公約所明訂的言論自由條款，我要回了原本打算沒收的採訪筆記，相機的底片卻被強行曝光，令我十分懊惱，華人探員親自押送我到國際機場，要我立刻離境：

「林先生，你是一個不受歡迎的人。」他冷著臉，以輕蔑的眼神上下再審視我一次，直抵達登機門，他才鬆弛下緊繃的容顏，軟下身子，竟然和悅的提醒我：

「不要輕易相信陌生人，林先生。我們何以會知道你去採訪了叛軍首領，告訴你，是你那唐人街的連絡人舉發的。」

我有很深的挫折感，十分的沮喪。

所以，請原諒我，何方。我必須要弄清楚，你是眞心誠意協助我，或者另有意圖，那一次菲律賓的不快經驗之後，我不得不提防，暗中調查你，我很抱歉，卻不能不做，你一定要諒解我的不確定感。

今晚，何方來旅店接我，愉悅的說要爲我送行，去用土耳其典型的風味晚餐，餐後有肚皮舞表演：

「書平啊，這是我選擇暫住在伊斯坦堡的原因之一，白天是伊斯蘭教的神聖，晚上是一千零一夜般的神祕魅惑。」

上了他停在旅店門邊的深藍色金龜車，我們逐漸融入這千年古都的朦朧夜色，他是個好嚮導，開車的速度沉穩緩和，可以指著高聳於燈光照亮中的蘇里曼清眞寺，說那是名垂千古的大建築師錫南的經典之作，國父凱末爾在土耳其人民，如神如父的不朽地位等等……。

風味晚餐不怎麼樣，烤得火候不對的茴香羊小排，讓我咬了兩口立即失去食欲，倒是來自地中海岸的紅酒，有著別於法國品種，葡萄最原始的野性，不禁爲之讚嘆：

「這土耳其紅酒好喝。」

何方沒有回話，好意的爲我再斟滿六分，他眼神在暈暗的室光裡，顯得炯炯有神，灼熱的專注在舞台上那四個跳著哈薩克快舞的俄國年輕男子，以他那纖長的手指，托著腮，瞇眼微笑，偶爾忍不住尖聲叫好，反而無視於我的存在；金髮白膚的俄國男子，表演完飛刀射活人的巧技之後謝幕，我看見何方向著表演者投遞的眼神，竟然柔媚的以指抵唇，拋著飛吻。肚皮舞上場，何方藉故說要離座一下，我漫聲的「哦。」隨意揮了下手勢，我已被那隨著鼓聲，野性而有力的迷人舞孃深切吸引，那豐腴的胸乳搖晃，纖柔的蛇腰，肥沃之臀，深眼迷離，紅唇若酒……不經意的閃過視野，在遠處的暈暗角隅，何方捧起男人的雙手深吻……。

6

書平應已抵達安卡拉。

阿巴斯回話：安卡拉大雪，機場關閉前，最後一班的土耳其航空在積雪的跑道降落，幾釀大禍；滑到終點三十公尺外的雪地，林書平就在那架波音737上。

「何先生，您放心，您的朋友安全下機，只是似乎嚇呆了，一臉沒血色的蒼白；住進旅店，我給他一瓶紅酒，他不發一語。」

「謝謝你啊，阿巴斯。」我由衷的感謝。

「林先生是中國北京來的記者嗎？」阿巴斯認眞的再確認一次。

「不，不，」我用心的答覆阿巴斯：「他是台灣記者，從台北來。阿巴斯，台灣不是中國，這是你必須了解的。」

「台灣？何先生，台灣究竟在哪裡？」

阿巴斯竟疑惑的問及，我一時之間竟不知如何回答，只能說，就在太平洋的西邊，曾被荷蘭、日本統治過的島國。再下去，我就全然無言了；總不能告訴我的土耳其朋友阿巴斯，台灣屬於林書平的來處而已非我何方的誕生之地。對我而言，台灣詛咒著我，我乃是被祂流放之人，最好啊，兩相遺忘吧。

搭載書平的最後一班客機，在猛烈的風雪中強行降落，滑出積雪深厚的跑道，靜止時，書平必定嚇出一身冷汗。這才是開始的危險之旅的前頁，往東部國境的困厄，會由於冬季的寒慄天候變化而益加艱辛，怎麼會挑在冬天來？書平啊，是因為你一向的自信？或者蓄意的任性使然？我們一別二十年，但我多少明白你對我耿耿於懷，難以釋放的心事，你認定是我無禮冒犯了你，卻是我一廂情願的表達對你的傾慕心意，僅此而已。

我們應該是一體雙身，在十七歲時，我早察覺書平你陰柔的隱藏部分，你卻不承認，或者，我只是強做解人？遠離東方，寧願抉擇在這東西方文明交匯的伊斯坦堡暫居，我深切的了解，明暗之間，彷彿自己是見不得光的黑暗族類，像吸血鬼魅般的夜間飄行者。

這難道是被制式化律則所不允許的天譴異端嗎？我死去的父親，包括書平你，在某種的自由意志之下，你們皆不能指責我。最初的基因或是後天的性向蛻變都好，我只是循著生命的軌跡走下去，走下去，別人卻不以爲然，那麼，就讓你們去揣測，並且不屑。

我，還是依戀著你啊，書平。

此時，你正在做什麼？沉睡或是獨自飲酒？也許構思、草擬東行的採訪步驟，或是與我一樣，凝看著這濃稠冬夜，悄然飄落的雪？一片，一片。

船笛沉吟……無論雪夜或是晴日，無以數計的船舶來回海峽，我再熟稔不過的水手體驗。那年，我被迫從海軍官校勒令退學，他們說，我犯了不可原諒的「不名譽罪」；所謂的不名譽是被逮到我和隔壁寢室的同學，在體育館放置球具的儲藏室裡的親密舉止。學生隊長及輔導官闖了進來……究竟是誰去密告的？至今我仍然不去費神追想，畢竟的確做了那事，我何方當場承擔起罪責，並且爲一臉焦慮、愁苦、飽受驚嚇的同學大力求情，明說是我誘拐他的，不關他的事；最後是我被勒令退學，他留校察看。

海軍作戰司令念官校一年級的獨生子被勒令退學，犯了「不名譽罪」……父親只差沒有取出自衛手槍自我了斷，或者一槍斃了我。還好，那時仍在戒嚴時代，傳媒不像如今那般多樣，卻在海軍圈中沸沸揚揚。我徹徹底底的擊倒了治軍甚嚴的父親何唯中將軍，第一次看見我的父親失去了所有的怒意、尊嚴，像瀕臨死滅的傷重獅子，他看著我很久很久，母親在一旁絕望的飲泣，晚餐桌前，仍未闇黑的黃昏落霞，竟異常的璀燦、美麗。

「何方。」父親低喚著我的名字。

我低首，眼神垂到桌底，不敢回聲。

「何方，你必須要離開這個家。」父親瘂音微弱，仿如毫無情緒：

「離——開——台——灣。」

那個暈黃燦爛的向晚，晚餐桌上堆積的韮菜水餃竟然沒人動過，變冷變硬的僵在那裡，好像被宣判罪名之後，已成事實的投降繳械，再也不必說些什麼了。父親筷子連動都沒動，推門就出去，座車響起沉重的引擎聲漸去漸遠，我的世界全然崩解，一分為二，剎那之間，渾然空白。

父親用了特權為我逃過了退學後面臨的兵役問題，兩個星期之後，我在香港上了一條掛著賴比瑞亞旗幟的散裝貨輪。不到二十歲的我，是船上最年輕的水手，這不到五千噸的散裝貨輪，二十多個船員像個小聯合國，有中國人、印尼人、菲律賓人、柬埔寨人……我所做的是最卑微的實習生工作，從清理甲板、整理索具，最底層熾熱的鍋爐給煤，我都必須做。我開始加倍痛恨我的父親，我的家鄉定了我的罪，父親則放逐了我。

幾年後，在我換到第三條貨櫃船，我的職位已是事務長。從日本神戶裝上了六十部原裝的凌志轎車，往南航行，第一個泊岸的港口就是基隆，竟然沒有什麼特別的感覺；我剛取得貝里斯國籍，英文名字是溫斯汀．何。一如所有平常的航程，哪怕曾有一次，從新加坡直往高雄，幾乎就是回到最初離開的地方，依然心如止水，倚著船舷，遙看高雄港區的燈火，我已是無鄉可回的流浪水手，對我而言，處處皆可泊岸，猶如海鳥；航行久了，連呼吸都是海味，已難動情。

抵達基隆港那次，我下了船，百般無聊的在狹隘的鬧區晃蕩，但覺這北島的港都蕭索寂寥，隨手買了份報紙回到船中寢室翻看，關於此間的國會改選及老民代退休的政治新聞，我不經意的瞄到「記者林書平台北報導」的文字，這才恍然大悟的想起，有這麼一個曾經熟悉的高中同學。

林書平進了報社？應該就是他沒錯。

忽然，有種久未有之的激動，很想循著報紙上的電話予以印證，但理智卻如舷邊吹來微寒的晚風，些微嘲諷般的：

「有此必要嗎？何方，沒這必要吧？」

是啊，證實就是林書平，又怎麼樣呢？搞不好，高中同學林書平在電話那端冷冷的回你一句：「何方？我不認識！」

我不認識！林書平應該會這麼說。語氣帶著久遠記憶被遙喚回來的屈辱惱意吧！也許他忘了，或引爲羞恥……而我卻永遠不忘，十七歲，那個燠熱如焚的仲夏深夜，書平裸裎的上身，汗流浹背，睡得死沉，我悄然起身，靠了過去……

英國勞倫斯上校，結合阿拉伯各族對抗現代化武力配備的土耳其占領軍，某次裝扮成阿拉伯人被識破，似爲土耳其駐軍司令予以性侵害。逃離後，悲憤的率阿拉伯人炸土軍火車並大肆屠殺，其至連傷兵、戰俘亦不放過……

如今，我就在土耳其的古都伊斯坦堡住了下來，窗外船笛時歇時起，濛霧冷慄的博斯普魯斯海峽，船影幢幢，波光粼粼，連雪花都映照得美如煙火。正在觀賞大衛連的不朽名片：《阿拉伯的勞倫斯》DVD，年輕時代的彼得奧圖，金髮如太陽，眼眸若深海，肉體白皙似初雪……如今重看此片，依然心動。

書平，你可能忘了，這部名片是我們一起在台北士林民族戲院看過的。記得那時，你特別提醒我，演阿拉伯開國英雄阿里及費瑟王子的演員同時是大衛連導演的《齊瓦哥醫生》的兩位主角奧瑪雪瑞夫及亞歷堅尼斯。

十七歲時的往事，我之還深銘於心，就在於書平你對我的意義，那是甜美、私密的，在我生命深處，私密所涵蓋的某些事亦如同電影中，勞倫斯上校所蒙受的屈辱……我很想向你說，那絕非愉悅的肉體經驗，你一定會嫌惡的制止我的訴說，並且叱責我骯髒、變態。當年輕的我在只有男性社會的遙長航行裡，被喝醉後，異常狂亂、粗暴的資深水手，三、四個虎臂熊腰的東南亞人用力拉扯，在悶熱窒息的貨艙裡予以性侵害，求告無門的極端屈辱與撕裂淌血的痛苦……尊貴、高尚的媒體人書平，你是不會明白的。

我在事後，毫不留情的以匕首插入那幾隻豬的大腿或肩膀；他們沒想到我會那般強烈、冷酷的武力報復……在船上工作，弱肉強食，只有叢林法則才可保身。

你在冰雪圍城的安卡拉，你是聽不見我叨叨絮絮的自語受辱的過往，沒關係，我在心裡說給鏡中的分身，他會忠誠傾聽。現在是子夜零時，我準時切掉觀賞中的影片，屋裡回復華麗的暈黃燈光，向海峽的陽台則幽暗漸層般與夜色合而爲一。

十分鐘後，有人會悄然的推門而入。

7

有人悄然的推門而入。

微醺之間，彷彿依稀的迷離所見，濕濡的僅以浴巾罩身，白皙、豐腴的迷人女體，俟她嫋然挪近，可不是我的前妻以芃？

我躺臥著，下意識的伸出手去，將這溫熱柔軟的女體擁入懷裡，撲鼻的熟悉的沐浴乳香味以及微微好聞的狐臭，果真是我所熟稔的以芃肉體的氣息。

「你需要嗎？書平，你要嗎？」她喘息著。

「我要，以芃，我當然要啊。」我說。

粗暴的扯下裹在胸乳間的浴巾，沉甸、豐盈的乳房在握，魚體般滑溜、跳躍。

我急躁的撫弄、吮吸，從胸部直下毛髮蓊鬱的陰部，以芃輕聲呻吟，雙手似拒還迎，待我分開她粉嫩的雙腿，忽然，她霍然起身，一臉冷厲的喝止：

「不可以！書平，你不可以！」

我猛地從眠夢中驚心醒徹，一身汗涔涔。竟是春夢一場，窗帘未拉上，白皚皚的靜止雪地，返照入未開燈的房室裡，床頭矮几上仍未喝完的紅酒杯以及醒後，我悵然若失的恍神及迷惘。

涔涔熱汗，幾乎窒息般的喘不過氣，雪光無聲無息的侵奪而入，這才察覺我的男性竟異常的勃壯如硬柱……鼻息之間，仍然留存著夢中以芃肉體的氣味及豐潤的觸及乳房的扎實感覺。忽然悲傷了起來……原來，對以芃的依賴與眷戀還是如此的深邃、不捨；我，竟然如此的脆弱，如此的深感無助。

以芃，我們能不能重新來過？

以芃，我竟然如此的渴需妳，覺得此刻，妳是如此的重要，無以替代。

將餘留的紅酒一飲而盡，對著窗外白亮的雪光，無懼坦然的套弄著自己昂揚的男性，意淫著以芃的肉體，到達高潮之時，忘情的大喝一聲，精液迸出。

慢慢地，逐漸地平緩下急躁的心情，才想起，子夜時刻該是台北報社的向晚時分，小紀應該在前往報社途中，我冷靜的撥通台灣的電話。

「嘟，嘟，嘟——」媽的，小紀睡著了不成？響了十多聲還是沒有人代接，都死啦？小紀，你快接電話呀，小紀！終於——

「喂，我小紀，您，哪位？」

「小紀啊，我林書平啦，聽得清楚嗎？我人在安卡拉，替我跟老總說一聲……」

「喲，書平大哥啊，在土耳其爽不爽啊？那伊斯蘭小妞，肚皮舞蛇般的小蠻腰有沒有讓你樂得唉唉叫？老實招來。」

「放你的狗屁！安卡拉大雪，我已經冷到說不出話來。喂，小紀啊，上次拜託你調查的事如何？有無眉目啊？」

電話那端，沉寂了幾秒鐘，小紀咳了幾聲，若有深意的壓低嗓音，緩慢的說：

「書平啊，你可要小心，你這朋友似乎不單純哦，你說他老爸是故海軍中將何唯中？我向國安局的管道得之，這個貝里斯華裔的傢伙，不止是船員而已……」小紀的聲音愈來愈小聲卻異常沉重、審慎，一字一字的吐露：

「何方這人，相當不單純，是個軍火集團的一分子，據說，台灣祕密的潛艇交易，試圖從義大利購得二手潛艇，他是穿針引線的重要人物，你可小心哦。」

我驚嚇的從微醺裡猛然清醒！果不其然，何方這傢伙說謊。一個行船的單純水手，怎有能力在伊斯坦堡最昂貴的海峽岸邊租得起百萬美元的高級公寓？做軍火買賣，當台灣政府跟義大利軍方的掮客，二手潛艇買賣，可不是尋常的二手汽車哦，何方，可是賺翻天了。

我是被蒙在鼓裡，問題是：何方有必要向我透露這些嗎？他本來就沒這份義務要告訴我的。船員？走私客？軍火商？三位一體想當然耳的聯繫起來，似乎沒啥好奇怪。

我恍然大悟了。何以他可以那般理所當然的協助我前往東部國境，如此熟稔，應對得宜的土耳其人阿巴斯，那樣從容不迫，那晶亮的深邃眼神，自信滿滿的向我拍胸保證：

「林先生，您放心，我會平安的將你送達庫德族自治區，何先生特別殷切交代。」

我必須感謝何方的誠意促成及協助，令我生氣的卻是，何方一再說遠離台灣，自我流放，連故鄉都陌生、淡忘，事實是一直與自己的國家做著祕密買賣……，二手潛艇？我甚至懷疑，搞不好尹清楓就是何方這批軍火販子所幹的命案；很有可能哦，何方，我必須要小心的提防你。我最神祕的高中同學何方，你還有什麼隱私，是不能向我吐露的？二十年來，你的生命究竟有哪些不可告人的陰暗部分，哪一個面向是眞實的何方，哪一個不是？

阿巴斯來到我的早餐桌前，一如初見時滿身伊斯蘭神祕的氛圍，我邀請他坐了下來，他說只要一杯蘋果茶，而後點起香菸，深深的端詳著正在與一塊強韌的火腿肉奮戰，我手中失措的刀叉。

「林先生。」阿巴斯用力吞嚥著喉間的痰塊，用心、虔誠的問我：

「林先生第一次來土耳其吧？感覺如何？」銳利如鷹眼般的審視著我的眼神。

「土耳其，美麗的國家，尤其是千年古都的伊斯坦堡。阿巴斯，你們有個歷史輝煌的燦爛國度。」

「林先生。」他深深的吸了一大口氣，臉沉了下來：「林先生，我必須非常愼重，愼重的明白告訴你，土耳其不是我的國家，我的國家仍在艱苦的尋求自主獨立……」阿巴斯喘了口氣，壓低嗓音，臉顏挪近到離我三寸之遙：

「我必須明白告訴林先生，我是道道地地的庫德族人。」

我一點也不感到訝異，如同我所認知的伊朗人、庫德族人、土耳其人，甚至是敘利亞人，伊拉克人，皆是伊斯蘭世界的組合體，難以分辨的種族糾葛。

「何先生說，林先生從台灣來，說眞的，我不知道台灣正確的方位；可是，我卻熟悉產自台灣的輕型武器，你們的M16自動步槍、榴彈發射器……」阿巴斯慢條斯理的啜了口蘋果茶，尖銳的眼神透過杯子直射了過來：

「林先生，恕我直言，你們台灣當局賣我們M16自動步槍、榴彈發射器，同時也賣給伊拉克獨裁者海珊，用它來殲滅、壓制尋求獨立建國的我們庫德族人……哈哈，兩伊戰爭時不就如此嗎？你們台灣兩方賣輕武器，清戰場時，伊朗死去的戰士及被殲亡的伊拉克人手裡的武器烙印著：Made in TAIWAN R.O.C.，林先生啊，這不就是個大笑話？」

阿巴斯斷斷續續的零碎英語，卻問得我無言以對，他溫暖、友善的笑了出來：

「我說林先生，你千萬不要介意，能不能請教你，何先生說，台灣不是中國，那麼，台灣是美國的附庸是不？」

「阿巴斯，不是的，台灣是個主權獨立的國家，只是她的名字叫：中華民國，世界公認的中國則是：中華人民共和國。這紛紛擾擾，也真令人困惑。」

我試圖轉移話題，故意問阿巴斯結婚了沒？竟然他黯下了神色，低垂頭顱，似乎陷入深沉的思索，我一時覺得慌亂、失措，是不是我不小心冒犯了什麼：

「Sorry，阿巴斯，我是不是說錯了什麼？如果我失禮了，請接受我的道歉。」

「你沒有，林先生。」他抬起頭來，深邃的眼裡隱約的淚光，沉吟了片刻，靜靜的，沒有任何情緒的回答：

「我有一個心愛的妻子，我們結婚五年，生了一對美麗的女兒。」

他露出極爲幸福的笑意，接著說道：

「伊拉克軍人攻陷我們的村莊，開始屠殺老弱婦孺……我的妻子被輪姦至死，兩個分別是四歲、三歲的女兒死於非命……就這麼回事啊，林先生。」

不再言語，清癯的臉顏泛出一絲若有似無的淒然苦笑，沒有悲憤，好像只是在敘述別人的故事。我心中一陣酸楚，不知如何撫慰這深受傷害的丈夫與父親被喚起的悲情往事，只能叫喚侍者，要他給乾涸的蘋果茶粒再加熱水。

「林先生，從安卡拉前往東部國境的航機這兩天宣布全面停飛，風雪實在太大了；所以，我們只能租車前去了。」

「一切，都要麻煩你了，阿巴斯。」

「甭客氣，你是何先生的貴客，我當然要全力協助你的採訪任務。」

「何先生，怎麼會與庫德族有所關連？他只是一個船員而已。」

「林先生，不瞞你說，我們反抗軍的輕武器正是何先生以低價賣給我們庫德族人，從台灣那邊。」

好了，小紀的求證果然成眞；我的高中同學何方原來是軍火販子，難道自我流放的藉口只是幌子？二手潛艇、庫德族的輕武器，何方，還有什麼祕密？

8

那年輕的俄國孩子在拂曉之前，匆匆離去，緊捏著兩百元美金（他堅持要美鈔而不是土耳其幣），受驚如風雨之後的小青鳥……我說，可愛的尤里波耶托斯金，你，不要畏懼我，我是如此疼愛你。

歸還給我暫借的鑰匙，只有我認爲最親密的戀人始可進入我的後宮，應該知悉，這是我對你最大的寵幸。可愛的俄國孩子尤里波耶托斯金，你有著青春、青澀的十九歲削瘦，白裡泛青的肉體，灰藍純淨的雙眸，你意味著我二十年前不朽的記憶，仿如與我若即若離的最初戀人林書平，此刻，他在大雪紛飛的安卡拉。

你，推門而入，怯生生的美麗、純淨有如剛誕生的嬰孩，在掛著畢費版畫的玄關，乾淨無邪的，方要從童音轉爲青年的尷尬嗓子，羞怯的，帶著驚怕的問安：「溫斯汀先生，我來了……」氣若游絲。

細緻如象牙色澤的十指不安互推，竟相異於舞台上投擲飛刀的勇猛、果敢；像個小雕像乖巧的佇立在玄關，不敢過來，可愛的尤里波耶托斯金，你就勇敢的挪近，溫斯汀叔叔不會呑噬你的，來吧。

灰藍的眼神，乖巧的探看，以四十五度斜角，不禁讓我想起，書平提示過的電影《齊瓦哥醫生》的開場：男主角童年孤寂悲涼的灰藍眸色，憂鬱的以四十五度斜角，望向秋深墳地那片高大的樺樹林，突然一陣寒風猛烈颩來，落葉掉了一地，回神過來，傷逝的母親棺木正要入土……青春的俄國孩子，你所屬的氣質與電影多麼酷似？一樣巧合，名字都叫：尤里。

「先去沐浴吧，孩子。」我輕聲的下了溫柔的命令，他怯生生的依循我的指向，走入了中國明末，鑲貝融銀的紫檀木屛風後的浴室裡，那般乖馴，如此言聽計從。

浴後仍然微濕的金髮，緊覆著發亮的額間，熱水沖激過的雙唇呈露櫻桃般的紅潤，悄然、順從的走來，如第一次抵達我這華麗的閣樓，驚訝於一室的珍奇收藏；孩子般童稚的好奇之心，眷戀一支鑲著蛋白石的伊斯蘭匕首，我明白這孩子的衷心喜愛，二話不說，慨然相贈。只要你乖馴的躺下來，並且心甘情願的闔上你那褐色長睫的眼睛，靜靜等待。

完事之後，像隻受驚的小青鳥，急忙穿上零亂的外衣，抓起桌上兩張面額各一百元美鈔，及送給你的匕首，在拂曉之前，匆匆離去……可愛的孩子，不要怕嘛。

一切歸於最初的寧靜，巨大的空茫、虛無又像窗外吹過海峽的冷慄晚風，毫不留情的猛襲而至——

「我是多麼，多麼寂寞啊！」忘情呼喊。開始自譴，必須要用金錢交易，才能換取青春的撫慰，只有自己明白，多少是自欺欺人，但只能這樣，似乎，我早已失去全心眷愛一個戀人的能力，僅存物化的無數折損、挫敗，面對那巨大的鏡子，都清晰感覺自己是何等的猙獰可恨。

林書平，你究竟把我看成什麼？一慣不屑的睨視，我是敗德的異類？性向混亂的變態？被天譴的放逐者？你看不起我，我知道你看不起我，我是什麼？你的高中同學？冒犯過你的性錯亂者？陌生侵入你生命的病菌帶原人？

林書平，求你，我這般卑屈的懇求你，你不能輕蔑我，不能看不起我，至少，我是一直誠摯待你的衷心好友。你多少已經傷了我的心，你明白嗎？我願意全程相陪你到東部國境，你冷淡的斷然拒絕！明顯浮現於眼神、唇角的不屑……你怎能辜負我的一片眞心？你不能這樣。

我知道你暗中從台北方面在調查我的來歷，送你踏上飛往安卡拉的航機前刻，台灣國安局有人傳眞給我，要我小心，有個派來伊斯坦堡的政治版記者在調查我。就是你，林書平，不要以爲我不知道，我的人脈散播很廣闊，眞的說出來會嚇死你；跨國的政府與民間組織，利益共同體，你要說是幫派、祕教都可以，好像被詛咒過的，參加了就永遠難以脫離……。

你不會天眞的認爲，一個船員竟有能力住在這豪門、巨賈才有能力租賃、購買的博斯普魯斯海峽邊岸的高級公寓，並且可以收藏這麼多昂貴的古董、藝品，聰慧如書平你，憑著獵犬般的靈敏本能，你早就嗅到我絕對不止是個單純的船員而已。

該知道，在這現實、冷酷，紅塵千丈的鬥獸場，貧窮本身就是一種罪惡；光談理想又有什麼意義？沒有錢，世人就是瞧不起你。林書平，請問：你當記者一個月多少薪水？不客氣的說，還不是要看資本家大老闆的臉色。這樣形容，你一定會生氣……我只要談成一次買賣，可能酬勞就是你幹了半生的退休金了。

如果當你的面這般坦誠的說，一定會觸怒你專業的尊嚴；但我曾經有過的屈辱體驗，卻不能說給你聽。多年前吧？我在一條俄羅斯油輪上工作，油輪的定期航線是從北方黑海岸接運來自裡海東方亞塞拜然的原油，往南循著博斯普魯斯海峽，穿越伊斯坦堡進入馬爾馬拉海，出達達尼爾海峽，通過古代以木馬屠城聞名的古城特洛伊進入地中海。巨大的油輪通過伊斯坦堡兩岸時，必須減速慢行，否則怕航速太快會不慎衝撞岸邊房舍或來來去去的交通船、觀光遊艇；我們船員總是依戀的眺看兩岸絕美的風景，一邊是歐洲，一邊是亞洲，博斯普魯斯海峽劃分兩大洲界線，船長會無限傾慕的遙指兩岸那古老的清眞寺、蘇丹的華麗皇宮、巨富水岸別墅，一臉落腮鬍、籍貫是聖彼得堡的船長特別指著一處古皇宮改造的五星級旅店，語帶莊嚴的讚美：

「看啊，我休假時，在這個岸邊旅店臨海的咖啡座喝道地的土耳其黑咖啡，看著來往不歇的各式船舶；那種猶如帝王般的享受，眞是無法形容呢，就像上帝特意恩寵的幸福……。」

就因爲俄國船長的這句話，我一直深記在心，等到好不容易的一次假期，我搭著交通船抵達了燦爛的伊斯坦堡，身上帶著兩百元美鈔，決定要如同船長所說，興致勃勃的走向那家古皇宮改造的五星級旅店，要尋覓那臨海的咖啡座，結果竟被門僮阻擋，並且惡意驅逐。

「這裡，恕不招待外來者。」那一身土耳其古代宮袍，高大壯碩的門僮擋在我充滿熱切盼望的身前，冰冷的說。

「我是從北方來的船員……」我囁嚅而卑微的從夾克內袋中掏出兩百元美鈔，輸誠般的交到他眼前：

「我只想來這裡喝杯咖啡、看海。」

門僮瞇成兩條細線的不屑眼神，嚴厲的打量著我一副勞動者的寒酸衣褲，以及長年海上操作，飽受風霜的黝黑、粗糲的膚色。他搖一搖頭：

「我們只招待加入的俱樂部會員，交固定年費的尊貴客人。他們的會員卡可以打高爾夫球，專屬的釣魚遊艇，不是會員，外人恕不招待。」

「我有帶兩百塊錢美鈔，我眞是只是想來喝杯咖啡，看看海而已……。」

「請你立刻離開！船員先生。」冷酷而刻薄的門僮還是斷然的拒絕，並且極不禮貌粗魯地將我用力推到一旁，原來是一對衣履光鮮，直覺就是巨富的夫婦翩然到來。

我被深深的傷害了。我也終於全然明白，資本主義的社會是怎麼提升富人而肆虐窮人……。我悲哀的看著被我因屈辱、卑微而用力捏皺的那兩張百元美鈔，疲倦、衰弱的搭上回北方的國際交通船，霧逐漸籠罩午後沒有陽光的歐亞大橋。從那一刻起，我暗下決心，要奮力的賺錢，賺很多很多的錢，一定要成爲那家五星級旅店的尊貴會員，並且要住在岸邊租金昂貴的豪華觀海公寓……我做到了，無論採取的是什麼方式，我離開了船員的工作，不到兩年，我賺到了船員生涯十多年的總和收入，這就是現實的人生；多麼悲哀，只有錢，才能印證人的基本價值？

我終於可以高昂闊步的踩入那家屈辱過我的皇宮旅店，身著最新一季的亞曼尼西服，寒著高傲的臉，掏出簇新銀亮的會員卡，像嘲笑一條狗般的輕觸那曾經趾高氣揚的門僮，並且丟出一張十塊錢美元紙鈔，故意讓它飄落在地上，那門僮彎下身去，像乖馴的狗一再喃喃：

「謝謝你啊，尊貴的先生。」

但，這又能眞正代表什麼？我的生命依然是如此空虛，甚至驚懼……。

書平，你眞的不應該打探我，因爲我們沒有相對的利害關係，我的陰暗內在並不會傷害你任何的實質存在，你只是一直在憤懣十七歲那年我的不愼冒犯，我僅是一廂情願的，眞心實意的錯認你是我情竇初開的戀人……性別相似，不能以世俗的律則來審判我的純淨傾慕，而書平，你還是難以免俗。

僧侶一身白袍，跳起旋轉舞，下襬平飄似碟。阿巴斯以極爲虔誠的敬重神情注視，輕聲的唸著可蘭經句子，我則視爲伊斯蘭的某種儀式；表演場內盡是明顯可辨的國外觀光客，似乎這種原先是和眞主溝通、崇敬的形式已成遊程中的一部分。

「我不是來這裡旅遊，阿巴斯。」

「我知道，林先生。問題是風雪一連好幾天，航機停飛，我們必須走陸路，行程自然會遲緩……何先生交代，有些歷史性的景點，順路帶你去了解。所以，林先生您千萬莫急躁，慢慢走，慢慢看，這個一直不允許我們庫德族獨立建國的土耳其，事實上，她一直是個軍事獨裁的古老帝國。」阿巴斯總是慢條斯理的回答。

說眞的，我根本沒心「慢慢的」來看周遭的風俗民情，我急切的期盼抵達目的地，採訪到我需要的題材，而後頭也不回的迅速離開土耳其，這裡對我而言，處處皆是異鄉，除了巧遇何方（何況並非愉快的回憶又噩夢般的悄然回來），我說不出，這裡和我曾走訪過的南韓、菲律賓、東帝汶……有什麼不同？我是如此之疲倦，甚至並非出於情願，僅是因爲工作必須；可是似乎愈往東行，風雪更加冷冽刺骨，明顯影響到生理的變化，輕微的感冒、腰痠背痛，心理的排斥感亦如影隨形，報社的指令、還有……何方。

埋怨報社可以，如果埋怨何方，其實是說不過去，作爲昔時的高中同學，他並沒有任何義務要協助我的；何況我對他明顯的冷淡態度，我的不屑明白寫在臉上（就只由於十七歲那個炙熱的夏夜！）我，是不是苛求於他了？我的傲慢以及輕蔑，我的自以爲是，多少傷了他吧？他興匆匆的說要陪我去東部國境，我竟冷酷的一口回絕，他刹時灰白了原本熱切渴望的紅潤臉色，還是替我找到了庫德族的阿巴斯作爲領路人；光是這點，我是必須要感謝他的。就算他私下是個軍火商也是何方個人的事，與我何干呢？我太過小心，小心到請報社同事調查他的事，我的確是個卑劣的小人啊。是否？我應該撥個電話，勇敢的向何方說：謝謝。並且致歉。也許，電話沒有勇氣說清楚，我應該寫一封信給他，爲我傲慢、卑鄙的行爲致意?或者等到我完成採訪任務，返回伊斯坦堡，再好好的與他長談，讓他明白我的歉疚?

旅店已是夜深，除了我和阿巴斯之外，似乎沒有其他的旅人。這不是一個觀光景點的小城，窗外白茫茫的雪原，春天的時分該是田圃或草原吧?遠遠看去，幾排整齊的國民住宅，稀疏亮著暈黃的燈火，旅店旁的小路停著一列靜止的古老電車，車頂已覆蓋厚厚的雪，悄無人跡，夜色隱約浮現清眞寺細長的拜塔尖頂，竟有薄薄的月光映照，好潔淨的雪夜。

不知怎麼，內心竟異常的脆弱，有種想哭的悲傷感覺……以芃，此刻我是多麼多麼的思念妳，像個無助、失措的小孩，如果此刻妳躺臥在我的身旁，該有多好，多溫暖;那麼，那時怎麼如此輕易的就在離婚協議書上簽字了呢?以芃說:我們漸行漸遠，幾乎都不熟悉彼此了……以芃說:請讓我自由。

是啊，以芃自由了，而我呢?我困住自己。林書平，你實在是個非常非常自私的人。眼眶熱濕了起來，心沉重著，隱約的輕微撕痛，我竟然落淚了……有種壓迫般的難以喘息，房間裡太乾燥了，皮膚癢著，用手指去抓，牆角的骨骸狀暖氣管悶熱得令人覺得呼吸困難，去調整溫度。

熱……熱……熱得難受。我昏沉，濃烈的睡意，窗外的雪，白亮微晃，闔起倦怠的眼瞼，彷彿錯覺之間，閃熠著流動的銀光，呵——疲憊的我應該歇息了。如此的累，心靈以及肉體的不堪負荷……。

蘋果綠色澤的大同電扇來回吹拂，攪動、翻騰著溽暑子夜揮之不去的熱空氣，我只著細花的棉質四角內褲，一身汗涔涔……翻來覆去的不安穩，明明清楚的察覺汗滴從額間悄然流淌，卻也懶得予以擦拭，將頭部緊緊貼入柔軟的枕間，逼使自己必須迅速進入睡覺狀態，耳畔響起極有次序的酣聲如鼓，闔眼之前的最後一瞥，是十七歲的何方，他已經睡得那般的深眠，秀緻的雙睫如張開之扇，古銅色的上半裸身，胸肌起伏。

好好入睡，明晨，還要上學。

嗯，電扇翻攪著熱風，汗水不停。

昏昏沉沉，黑暗潮水般湧漫而至……逐漸靜止的腦海忽然似有若無的清晰浮現，學校裡白衣黑裙的女生班，青春鼓起的乳房形狀，汗漬的背部，清楚的胸罩扣環……下意識的指頭怯生生的伸入小腹，微顫的撫摸自己逐漸勃起的男性，卻又警覺到睡在一旁的何方，抽出手，翻過身子，背對著深眠的高中同學。放鬆四肢，雙手緊抱著枕頭，陷入黑暗的睡眠。

好黑好暗，朦朧中彷彿漂浮著。

青春女體，青澀的果實，影片膠卷般的，一格一格的緩慢挪移……少年的情欲，自然的手淫，我的指頭似乎又難以按捺的拉下緊繃的內褲，用力的套弄，我呻吟了起來。似睡似醒的告訴自己必須要抽手，不能啊不能這樣……勃壯的下體仍在不停套弄、撫娑著，朦朧的五燭光小夜燈晃動的影子是半身坐起，而我明白知悉我的身體是躺臥的，驚醒而起，突兀的與一雙灼灼閃眨的晶亮眼神四目相接

——

何方，我最好，允爲兄弟般信任的高中同學，一臉迷亂的，玩弄著我因夢見女體而壯碩勃起的男性；何方微笑的深深看我，緊握的右手仍然持續著套弄的動作。

「你幹什麼？何方！」我怒聲斥責，嗓音微微顫抖，我不相信眼前所見。

「男生，也可以互相排遣呀。」他淡淡的說，那般的若無其事，理所當然。我跳起身來，將被褪下的內褲急忙拉起，羞愧、不潔，並且覺得被陷害。

「你他媽的何方！你瘋了嗎？」我用力猛捶何方一拳，他驚嚇的慌了神色，緊貼著床邊的白牆，似乎不知如何是好。

「你變態啊！不會去找馬子玩？」我氣得聲音忍不住高亢了起來：「你神經病！」

「書平……我們這麼好的朋友。」何方怯懦的試圖解釋什麼，聲音因心虛而低微，帶著尋求原諒的歉疚。

「好朋友？好朋友可以這樣嗎？」我察覺到父母的房間有聲音，顯然被我們的爭執吵醒了，我趕緊將音量降低。

「對不起，書平。」何方一臉幾乎快哭出來的無辜表情：「我以爲我們可以……」

「何方，我告訴你，有本事找個漂亮的馬子，怎麼玩隨你，不要連男生都想要。」

「書平，你不要怪我，我以為……」他欲言又止：「我們是這麼好的同學。」

「何方，你現在就給我走。」下逐客令：「馬上離開！我不想交你這個朋友。」

「書平……」他茫然的眼神帶著傷楚。

「立刻走，何方，你是個變態。」

我跳下床，將房門用力打開，一種受辱、骯髒的惡感，何方再不走，我想揍人。

何方低著頭，不再說話，衰弱、受傷般的穿戴好制服，不敢看我，套上鞋襪，拿起大盤帽，背起書包，靜靜的走出我的房間。步履那般沉重，彷彿縮小的彎下原是壯碩的個頭，挪身到大門，我衝過去，用力的扭開大門，右手做了個憤怒、果斷的逐客動作。

「告訴你，何方，以後，誰也不認得誰了。」我恨恨的、冷冷的丟給他這句話。

屋外的夜深霧濛濛，連對街的房子都看不眞切，路樹黑影幢幢，嘩嘩然被風輕晃著，好像一種嘲笑或者議論；我屈辱的恨意深若夜霧，看著何方孤寂的身影逐漸隱沒在濛霧中，一時間彷彿夢幻，幾疑方才所發生的突兀事件不是眞的。

「噹——噹——噹。」關上大門，客廳牆上的時鐘清脆的敲了三聲，這才知道是凌晨三時整。我多少感到一種殘忍，這麼幽深的暗夜，我斷然與最好的高中同學絕交，並且要他孤寂的回去，我開始深深懷疑，朋友的定義是什麼？男生怎可對男生做這種不堪之事？曾經引爲知己，最好的朋友，怎麼可以對我如此？好像被出賣。

九月開學，何方消失在升高三的班上。他們說何方轉學了，是爲了這事嗎？整整二十年，我不曾見過何方，大學年代的高中同學會，有人提及：何方念了海軍官校被退學了，什麼原因沒人知道，我卻隱約的揣測，是否同十七歲那年的夏夜，我最好的朋友，對我做了我認爲的、最不應該的惡行，我覺得我受到最大的屈辱。二十年後，我竟在距離台灣萬里之遙的土耳其伊斯坦堡與他不期而遇。

悠悠醒來，彷佛眠夢一場，這壓迫我，喚起我不愉快的噩夢，竟延續了二十年；逐漸忘卻、遠離，卻又回來了。唉，何方，我們永遠是相異的河流。

10

四爺的電話從香港來。

哪怕隔著萬里路，如在身側的酒足飯飽後慣性的打嗝聲，對照時差，那位於中國珠江口的英屬殖民地正是午餐時間。

「喂——聽到了嗎？何方，清不清楚？」

怎會不清楚？四爺高亢的湖南聲調幾乎與同步配襯的食客們喧譁的廣東話混音成一群錯亂的樂手相互碰撞，所有的樂器都扔擲在地，此起彼落的爭執。

「四爺，正在用餐啊？」我一向的謹慎、尊敬問安，是他帶我進入這一行的。另外，四爺從小將我看大，曾經是海軍參謀，在我年少最黯然的時刻，父親將我交予他安排，我的船員資格，貝里斯護照……。

「咱在港島的雍記吃龍蝦泡飯。旁邊兩個小妞，剛從內地來，傻怔怔的丫頭。」

電話那端，四爺似乎幾分醺然，壓低嗓音，沉吟的小聲問著：

「那批貨平安運到了嗎？」

「他們驗收了，餘款同時電匯完成。」我簡明回報，四爺欣慰的連聲「嗯，嗯。」電話空白了幾秒鐘，似乎是對方用手掌壓著，聽不眞切，卻多少可洞悉四爺向旁人說了幾句話，挪開的嘴唇又回來：

「何方啊，聽說有個記者在打探你？」

「沒事，我的高中同學到伊斯坦堡來，報社記者嘛，人已經往東部國境去了。」

「記者不安好心，你自個兒留神，可別透露我們的行當，有些，是見不得光的。」

「四爺放心，我不會說。」我敬謹回話。

「那好。」電話那頭語氣輕鬆了起來：

「今晚呀，你四爺可要軟玉溫香嘍，那兩個傻妞一個十九，一個二十一，哈哈，酒池肉林，快樂神仙。」

「酒池肉林，快樂神仙。」我複誦一次，此乃四爺慣用的形容詞。

「好了，話止於此。」四爺輕鬆的語氣忽而稍爲嚴厲，帶著警惕：

「記著，你那記者朋友，當心點。嗯？」

「知道了，老爺子，您平安。」

好厲害！四爺一下就知道林書平透過報社在調查我，是國安局內線告之的吧？

「嘟——」香港那邊的電話掛掉了。

我靜默了片刻，下意識的側首，正與鏡中的自己對看個正著。我的分身，我微微激動、顫慄的靈魂……鏡中的我，冷凝著一張蒼白泛青的臉額，有些微怒的自語：

「書平，你不應該打探我，你不應該。」

依例，倒了杯酒，推開露台的落地窗，意外地，今夜竟不冷。視野異常寬闊，對岸的亞洲區沿著丘陵構築而上的樓房、別墅，燈火明亮，倒影得海峽波光粼粼，大小航行的船舶，清楚的船名，有俄羅斯、希臘、法國、義大利……好像所有的各國船隊都聚集在這分割歐、亞洲界的博斯普魯斯海峽，彷彿一再喚醒我極爲熟悉卻又拚命想忘掉的心事。

我曾經是船員，非自願的水手。

父親殘忍的放逐了我，歲月流徙迫使我逐漸遺忘我所惦記的左營、高雄乃至於台灣……。我是何方，國籍卻是貝里斯，他們喚我是：溫斯汀。溫斯汀？航行四海七洋的無數船員，也有很多人叫溫斯汀吧？

曾經，我那般的年輕，青澀的青春，在最深的夜黯，南非開普敦外海三百公里的大西洋某個方位，他們如狼般貪婪而邪惡的發亮碧眼，淫淫的端詳著我，船後甲板左側，覆蓋帆布的救生艇，滿灌著伏特加酒液的軀體，熊撲向馴鹿般的開始攻擊我……我用力大叫！掙扎的試圖脫逃，當我終於明白他們最終的意念之時已經慢了，我被扔進掀開帆布的十人份救生艇裡，驚惶、恐懼的呼救之唇被一隻多毛的大掌緊掩，好幾隻手粗魯、用力的剝掉我的衣褲……。

痛徹心肺，由後而來的一再戳刺。

這群野獸般，骯髒、粗暴的俄國人。

我這東方的馴鹿，被啃嚙、撕扯。

我受創的鮮血，畜生們飽足後的體液。

這是我行船生涯第一次所遭受的性侵害。第二次是東南亞人，我不再隱忍，我握著匕首，瘋狂的報復！沒有人可以這樣，不經過我的同意，恣意、無禮的侵犯我。我是什麼？寂寞水手的排遣以及狎弄？我的靈魂沉淪到最深的地獄煉火之中，被損傷、被凌辱的是我堅持的尊嚴啊！

痛不欲生的，兩次被輪暴。

男人之身，潛藏著女人的悲痛、屈辱。毫無選擇，我只能告別水手生涯，猶如噩夢，在最不想回憶之時，總是鬼魅般的悄然浮現，終於無法忍抑的明白向唯一能夠依仗的四爺稟明我的不甘心。

「告訴我船名、那班俄國鬼子，天涯海角，每個人留下一隻手臂，除非船不入港，人不著陸，這公道一定得討回！」

四爺激怒的用力拍打桌面，震得桌上的茶杯應聲而碎；香港半島酒店臨海的商務客房內，午後的金黃色暖陽似乎立刻被凍結在彼。我則脆弱地，很沒志氣的抽泣不止，四爺將面紙盒推了過來，寒著嚴酷之顏輕責：

「有仇報仇！何方，別像個娘們一逕子只是哭，遇到問題就解決問題。」

解決問題的方式是一個月後，那四隻俄國豬在阿姆斯特丹港口的酒吧後巷，各自被砍斷左手，更淒慘的是他們的肛門被硬物戳得鮮血淋漓，這是四爺「言出必行」的允諾。

童年時過春節，官拜海軍少校的四爺是父親的副官，總是笑咪咪呈現著一張彌勒佛般的胖臉，在我家客廳，毫不忌諱的趴下身來，要我跳上他厚實的背，讓我當馬兒騎，父親制止著：

「沒大沒小，他是你的畢叔叔啊。」

「不礙事，孩兒們喜歡就好。」那時仍然年輕的四爺喘著氣，笑說無所謂。

很多年很多年逝水般流過，退役很久的畢叔叔變成了四爺……。

倒第二杯酒，海峽開始起霧。

來去的幢幢船影，在逐漸厚重起來的夜霧中美麗而淒迷，對我卻是微微的刺痛；誰知航行茫茫汪洋，每一艘船都是獨立的國度，有一貫的操作程序，卻沒有約束道德的律則。

就像我的人生避風港，應該說是我衣食父母的老闆，我最敬重的四爺；如果誰傷害了我，四爺不會輕易放過他。

書平，我要你平平安安的完成既定的採訪行程，高高興興的回到我們重逢的伊斯坦堡。我這麼這麼的相信你，期盼你同等心對待，不要懷有惡意的私下探索暗處的我，那個在你生命中永遠不會遇見的交易以及弱肉強食……。你不必知道這些，一如你我相異的價值認定，性取向、獲取與爭奪，這不是你的世界。

最美麗的一刻，已死滅在我們十七歲那年的夏夜；我端詳著你熟睡的青春肉體，汗水閃光若窗外的星辰，錯認為你的勃奮是對我的某種暗示，我按捺不住的撫挲、吮吻，以為男體女欲，你會以相仿的熱情回我，待你羞憤醒轉，怒而逐客，我無地自容。

難不成因此連一般朋友都無法持續？是我無禮的冒犯你或是相對你給予我生命的最深屈辱？我僅是那般一廂情願，無怨無悔的堅信那是我唯一的初戀，如此的純淨，如此的眞情不渝……我理解你世俗的價值認定，如果在伊斯蘭教義中，我必會被五馬分屍，利劍斷首，但我還是要勇敢的，甘冒大不諱的表露出來：我的性向不是自己所能抉擇。

阿巴斯，是我的眼線。

書平，你東行的路上，你的情緒，你的困惑以及你藉由阿巴斯之口，獲悉的種種詢問，阿巴斯會完整不缺的傳遞給我，除了你的內在；書平，你是透明人。不是我何方城府太深，我說過，明處我在友情、愛戀（你排斥的部分）絕對眞心不渝；我的暗處，你不必試圖侵入，我更不會讓你獲取任何眞相，這是你我之間嚴格劃定的一條禁忌紅線。

晚禱的播音聲尖利響起，我早已習慣伊斯蘭世界這喃喃的經文，彷彿含在唇裡，緊緊壓抑著，不敢放肆，不容踰矩的千年戒律。剛到西亞各地做買賣時，伊朗十葉派激進分子向我形容過他們引爲眞主的革命領袖柯梅尼，據說，他要剷除異己，下令誅殺的旨意，就是要凝神的讀他的唇語，只要濃鬚緊掩之間的雙唇迸出「嗯，嗯。」低沉的音調，禁衛隊的殺手就應命前去執行。

彷彿就像在巨大的清眞寺空蕩的圓頂之下，熒熒暈黃的油燈千盞，柯梅尼佈著阿拉眞主的不朽經文，緊抿嚴酷的雙唇，喃喃的讀誦敵人的鮮血。

四爺，某些氣質不就酷似柯梅尼？只有堅信，不容背叛，這是行規亦是一種祕教儀式。書平啊，你不必了解。

11

小亞細亞子夜孤燈下，我正書寫。

終於慢慢了解，寒帶民族何以有那般強韌的生命力，完全出自人類最原始的求生本能。寒凍的嚴冬，困厄了我所有的思索、動作，甚至性欲的想望全然消退；我彷彿街旁掃雪的人，只是毫無知覺的，本能挪動著幾被凍僵的雙手，倦怠、衰弱的掃著，掃著……筆沉重如巨石，書寫，只是職業慣性。因爲已經是抵此第七天了，小紀特別轉來總編輯的交代，多少要傳眞一篇關於土耳其政情的特稿回報社。而在安卡拉，還是不得不透過台灣駐首都辦事處的官員，採訪到土耳其內政部次長，這位兼任警察本部第二號領導人，顯然令我的嚮導阿巴斯相當的不以爲然，明顯的微慍：

「林先生，你可能不知道狀況，我可以理解，因爲你和所有的外國記者沒有兩樣。這個保守派的警察頭子出身陸軍，你知道他帶兵鎭壓了我們庫德族幾次？焚燒村莊，連婦孺都不放過，我恨這個人！」

「阿巴斯，我的朋友。這是一個記者最基本的職責、本分……呃，我是說，平衡報導，哪怕是官方說法。」我誠意解釋。

「官方說法，只是謊言！」他反駁著。

我耐著性子，微笑的看著與我對坐、一臉因激動而漲紅著臉的阿巴斯，善意的遞上菸，並替他點燃。

「林先生，壓迫者永遠是壓迫者……」阿巴斯用力吸了一大口菸，煙氣迷茫，一如他所屬的民族般的有著百年沉鬱：

「幾百年了，從東羅馬帝國、鄂圖曼、俄羅斯、伊朗、伊拉克，所有環繞著我們的國家，都凌虐我們……庫德族要建立自己的國家，所以必須反抗，結果國際社會叫我們是恐怖分子，不公平，林先生，這非常不公平。」

「是不公平。所以阿巴斯，我的朋友。我從台灣來，要把庫德族的困境告訴大家。」

「你不也和所有的外國記者一樣，採訪完畢，回到你的國家報導出來，又怎麼樣？我們的人民依然被強權欺凌，貧窮、飢餓。」

「那，你爲什麼要協助我呢？阿巴斯。」

「因爲何先生的叮囑，他是好朋友。」

「我也是你的好朋友呀，阿巴斯。」

提到「好朋友」三字，我特別緩慢並且呈露出誠摯、感謝的貼切神情。

「我知道，林先生是個好人。」總算，他逐漸平撫下幾乎爭辯起來的激動，語氣和緩多了，兀自抽了幾口菸，有些羞怯的問起：

「林先生和何先生也是好朋友吧？」

「嗯，好朋友。我們是高中同學。二十年不見了，沒想到竟在伊斯坦堡重逢呢。」

「哦，難得。這正是阿拉眞主的旨意。」

好朋友。好朋友？我是由衷之言還是隨口說說的應酬話？忽然連自己都弄不清楚了……垂下眼，不敢對著阿巴斯正視的雙眸，霎時感覺到一種虛矯的羞恥。想起在台北的職場上，自己不也偶爾會因爲工作之便，當眞似的美言對方，攀些交情等等。從見到何方那一刻起，只有新仇舊恨佔滿胸懷，哪會認爲這二十年後重逢的高中同學，是好朋友？太虛假了吧？林書平。

阿巴斯，那純淨、樸素的神色，反而令我羞愧，他可以充滿仇恨的怨氣，妻女死於非命；庫德族人，妾身未明，幾乎是被放逐、遺忘的化外之民，阿巴斯卻比我更坦然、率眞且堅定，而我是什麼？

「阿巴斯，我的朋友。我們找個地方，我請你喝酒。」我試圖打開這有些僵持、纏繞的凝重氛圍，故作愉悅的說。

「可以。旅店街角的酒館有安那托利亞高原最富盛名的水果酒，走！」阿巴斯極配合的躍起身子，像敏捷的豹子。

推開旅店沉甸的雕花大門，寒慄徹骨的夜風夾帶著雪花「唰——」猛然迎面颳刺而至，我倒抽了一大口氣，腳步竟怯然不前，夜街幾乎被雪堆積、埋沒。

「喝酒不怕雪深啊，林先生。」阿巴斯從背後用力推了我一把，腳往前挪，就沉陷到小腿部位，冷冰鬆軟如棉花。夜街沒有路燈，子夜的雪地卻茫白銀亮，別有一番孤寂的淒美況味；雪悄悄飄落，行路艱難，路樹禿光了葉子，仿如用力無聲吶喊的千年枝椏；沿著屋簷下向前走去，偶有幾扇臨街的玻璃窗櫺，靜靜點亮著燭光，溫暖的暈黃。

酒館閃著彎刀狀的霓虹店招，伊斯蘭蛇般的文字，靜謐的迎迓著兩個尋酒的男人，雪很冷，心卻很熱。

沒料到阿巴斯一堆開酒館的玻璃門，喧譁、熱鬧的伊斯蘭樂曲轟耳而入。約莫三十多坪大的空間坐滿了二、三十個酒客，對酌、笑談，彷彿節慶。

桌上燭光如星，阿巴斯和我找個靠牆的位子坐了下來。他向侍者比了兩個手勢，我們自然而然的點起菸來，這才看見，小舞台上有個三人樂團，兩男一女，各執三弦琴、鈴鼓、鍵盤，熱情、投注的唱著一首聽似歡樂，卻感覺到有著淡淡憂傷的歌謠。阿巴斯顯然愉悅且鬆弛，隨著音樂跟唱起來，不諳伊斯蘭語言，我凝神傾聽卻不知所以然，侍者送上兩大杯褐、橙各異色澤的酒來，並遞上四個小玻璃杯。

「兩個人，怎麼用四個杯子？」我不解。

「因爲是兩種不一樣的水果酒，淺色是甜橘，深色是無花果。」阿巴斯說明。

我恍然大悟，兩大杯水果酒分到小杯子大約二十次，看來今夜不醉不歸了。

「來，第一杯要仰首而盡，敬林先生。」

「好，阿巴斯，感謝你了，我的朋友。」

樂團的女子看來十分年輕，燭光映照之間，盈盈閃眨的美眸，幽暗中看不真切眸色顏色是藍或褐，好像唱了兩首歌後，又再次唱起阿巴斯跟吟的那首憂歡參半的歌。只見酒客們雙眼緊閉，狀若哀傷的合鳴：

奇雷……奇雷……奇雷布爾布爾倫，奇雷。

「什麼含意呀？阿巴斯。」我好奇的問起。

「哦，這首土耳其民謠，幾乎每個人從小就朗朗上口了。」他認眞的解說：「那『奇雷』的意思是悲傷、苦難。歌手問她的布爾布爾，也就是夜鶯，爲什麼她必須承受這麼多的哀愁……。」

解說完，阿巴斯舉杯向我敬酒，豪邁的乾了杯，我也相陪。他將視野投向眾多酒客的位置，緊蹙著眉，狀若悲苦的忘情跟著大聲應和：

奇雷……奇雷……奇雷布爾布爾倫，奇雷。

酒客們興致愈加高昂，紛紛離座，不論陌生或熟稔，大家雙手搭著肩，領頭的人指尖捏著桌上的白色紙巾，成一長形隊伍，交叉跳起類似俄羅斯舞步，唇間呼著「嘿，嘿。」之聲，繞桌挪移，沒加入舞隊的，則用力鼓掌替代節拍，歡笑盈庭。

「這些快樂的人啊。」我讚嘆著。

「快樂的是土耳其人，不是我。」阿巴斯有些黯然的微嘆。

「唉呀，阿巴斯，我的朋友。」我勸慰地輕輕拍著他沉鬱起來的肩頭：「至少，今夜，我們要喝得很快樂，來，你再倒酒，喝到酒館打烊。來呀！」

不知道是怎麼離開酒館，也不清楚是如何踩著積雪回到旅店，昏昏沉沉的結完酒帳，踉踉蹌蹌，搖搖晃晃，意識朦朧之間，只聽得阿巴斯緊靠過來，小心提醒我要看好厚外套暗袋裡裝滿美元及土耳其幣的皮夾，並且以身體護衛著我走出酒館。

夜好深好沉，雪已停，白茫茫卻不冷。

幾乎睜不開眼睛，醉得無法言語。

彷彿，有一部閃眨著紅、藍相間燈號的警車悄悄跟著我們，緩慢前進，似乎搖下車窗玻璃，疑惑的盯著我們的行動；一直沒有離開，我和阿巴斯同時警覺了起來，酒卻沒有退去，警車持續的平行同步。

究竟是保護？還是監視？

好像距離酒館和旅店一半的路程，駕車的警察，探出頭來用英語問我：

「日本人嗎？」

我搖一搖頭，沒有答腔的向前走去。

「中國人？」第二次詢問。

「台灣人。」我大聲的回答。

「台灣人……」重複一遍，卻含在唇裡。

警察沒有下車，加速超越離開，驀然之間，只感到那閃眨的燈號眩目若血，紅紅的尾燈逐漸消失在雪茫茫的轉角。

白茫茫的雪地，似乎望不見盡頭。

「書平。」耳邊突兀的有人喚我名字。準確的華語，不可能是阿巴斯。

雪地中央站著一個穿著風衣的人，靜靜的佇立如此地四處可見的銅像，細看竟是一臉蒼白的何方。何方？什麼時候來的？正待明確辨認時，卻無影無蹤……

是酒後錯覺？彷彿依稀的遇見，是眞是幻？定睛一看，那人是阿巴斯，低吟著：

奇雷……奇雷……奇雷布爾布爾倫，奇雷。

12

如果我估計沒錯，書平的旅程大概抵達了中部古城孔雅。

建構在堅硬岩質削壁之間的修道院歲月千年，他不可能有攀爬的興致，況且安那托利亞高原而今已進入最酷寒的冬季，冰封雪凍。我可以想像，在那零下十度的低溫，仿如冰窖，來自亞熱帶台灣的記者哪能抵擋？書平替自己找了個苦差事，也許越過了那片冰雪的高原，到了東部近國境之地，他會舒坦些。

阿巴斯兩天不曾給我回報行程，想必一切平安。最近一次的通話，來自凱色瑞；他說，何先生啊，你這個台灣朋友病懨懨地，嚴寒令他皮膚乾燥、發癢，並且有輕微的咳嗽。我要阿巴斯帶他到九十公里外的風景名勝卡帕多西亞泡泡溫泉，多少可以暖和一些。我的直覺，書平多年來，一直沒受到好的照料，譬如他的妻子。問過他，似乎欲言又止。一個正常的男人，在他不語時，眼神裡無以掩飾的落寞與蒼涼；爲什麼不願意告訴我呢？書平，我們原本是那麼要好的朋友。

難道，十七歲時候的純眞、理想性、夢幻，都因爲你所認定的冒犯而毫無價値嗎？你一直被牢籠囚禁著原本可以飛躍的心，不是我的緣故。

我是在非自願被迫流放，你可以很自由很自在很自我的。我早已失去生命的自主性，在我必須隱藏的黑暗裡，你毫無掛礙，你能夠大方、傲氣的行走在明亮的任何地方，遞出名片，自信大聲的介紹自己：我是林書平。我不能啊，我是個流放之人，貝里斯公民溫斯汀？哪怕路過台灣的中正國際機場，我只是一個誰也不認識的過境旅客。我曾經有過的「中華民國」護照早已遺落多年，我不想再去外館申請補證，是因爲台灣那個生長我的故土令我屈辱……趕我離鄉的父親，排斥我的海軍官校，以及他們自以爲是的所謂道德的規範，全部去他媽的！

包括書平你。你同樣以世俗的價値判斷認定我，在你的眼中，我眞的是那般不潔、齷齪嗎？我初戀的書平啊，是你毀損了我最初、最眞心的生命渴盼，搗亂了我的自信與純然，對你，我有很深很深的憾意和埋怨呢。你自認爲是正常人，反照我是個被爭議的另類，那麼我的基因所深藏的相異，難道就眞的是永遠的天譴？難道就是一種罪？

等待你完成採訪行程，返回伊斯坦堡，我要開一瓶珍藏的好酒，面對面，好好開誠布公的將這個一直形成你我對抗的意識問題予以談論。我無法強迫你接受，但你千萬不要排斥；如果我不是住在伊斯坦堡，而是在舊金山，在紐約，是不是你至少不會呈現明顯的不屑？意志與自由，是無法壓制、限囿的，作爲一個以文字爲思考的你應該比我更爲清楚。

原來，我的生命早已麻痺不仁，靜止如無波之湖。你出現了，二十年後，就在初雪的伊斯坦堡之晨，竟然不期而遇，我慢慢的思索再三，一定是命運冥冥之間將我們中斷了二十年的未了心願重新又連接了起來，你相不相信？

我揣測著你與妻子的相處模式。尋常的女人和男人的婚姻、生活……這是我所陌生亦從不願費神的生命形態；你美麗的男體，綣纏著女體，撫愛，吮吻，進入……也許受孕，懷胎，組合爲家庭的形式。這永遠不會在我的生命裡發生，永遠不會！

四爺嚴肅的問過我這樣一句話：

「何方，你，有錢嗎？」

那是與航海生涯決絕了斷，灰黯、沮喪的抵達香港，在四爺自詡爲「行宮」的半島酒店，長期租賃的商務套房裡，寬闊約一百八十度半圓弧的落地窗，對岸的中國銀行泛著冷酷的銀光，時爲入夜，港島燈火燦華。

「告訴我，何方，你有錢嗎？」

一時間爲之愕然，有錢嗎？什麼意思？我沉默片刻，不安的小心回話：

「四爺……我身上有八千塊美元。」

他深深的看了我許久，若有所思卻難以揣測的詭譎神色；隨手慢條斯理的拿起身邊矮几上的水晶酒瓶，倒了兩杯琥珀色的酒液，遞了一杯過來。

「嘗嘗看，路易十三，沒喝過吧？」四爺啜了一口，讚美的神色，卻語帶嘲諷：

「路易十三，一瓶要價一千美元。你的八千塊錢可以喝八瓶，喝完之後，你何方就一無所有，十足的窮光蛋……。」

「四爺，您……究竟要教誨晚輩什麼？」我囁嚅的請問，怯弱的聲音低微如蚊。

「何方，我要你有大氣魄，大作爲，我要你雄心萬丈，賺個一千倍、一萬倍的八千塊美元！」四爺忽然嚴厲了起來：

「你的父親，我最敬重的老長官何唯中將軍將你交付給我，我就有責任讓何方你光輝燦爛。你，懂得了吧？」

什麼意思啊？四爺……，我一頭霧水。

他若有深意的笑著端詳我，那如何揣測都難以尋得答案的莫測高深，四爺的眼神迷離且冰冷，瞧得我一身汗意。只見他老人家慢慢的拿起電話，按了幾個號碼，毫不帶感情的對著話筒簡短說道：「可以上樓了。」重重掛上了電話。

到底誰要上樓來？什麼我所難以預料的事就要發生？清楚的感覺到，自己全身的毛細孔都無以自持的微顫、收縮，連挪動的腳步都顯得困難；四爺洞悉了我的不安，卻又像看猴戲般的直視著我，食指命令似的點了我幾下：

「你坐下來。」我不敢違逆的照做。

輕微的敲門聲，四爺應門而開。眼前霎時花色凌亂、香氣襲人。四個膚色各異，穿著惹火、暴露的年輕女子蝴蝶飛舞般的一字排開，飄落在我身前，我幾乎驚呼失聲：黑人女子、白膚若雪，金髮的俄羅斯、朝鮮種及一口京片子的大連少女……這，怎麼回事？

「何方。」四爺的視線投遞向窗外的港島夜景，微瞇著眼，彷彿這四個東、西方美女是虛幻而不存在：

「脫下你的所有衣物，絲縷不存。」他下著極爲嚴酷的命令，聲音毫無感情。

我頓時呆立當下，一時不知所措。

「要跟我學買賣，就必須通過這一關。」維多利亞海峽對岸的各色燈華，映照得面窗而立的四爺一身燦亮，猶如霓虹。

「表現給我看，玩四個最高檔妓女，這是四爺給你的恩寵，現在，馬上做！」他是玩眞的，四爺是玩眞的……天呀，怎麼會是童年時，寧願趴在地上，當馬給我騎的慈祥叔叔？此刻此地的四爺究竟是誰？哪一個才是最眞實？生命前所未有的恐懼正擺在眼前。

「四爺！」我抗拒著：「您明明知道……您明明知道我是……」

「叫你做你就做！」他怒喝著：「人世間有些事本來就由不得你，馬上！」多麼荒謬，多麼錯亂。四爺氣定神閒的品嘗路易十三醇酒，我則翻攪在四個膚色、氣味各異的女體之間……腦中閃電、撞擊，我想起那幾個粗暴的俄國船員，酒醉的東南亞人……四爺以最大的屈辱再度重挫我的人生。

事後，我閃避在套房後側，面臨彌敦道大街的洗手間，對著黑色岩製的抽水馬桶，憤怒而盡情的對著眼底整個九龍城用力的噴灑尿液：

「幹——幹——幹！」淚流滿面的忘情咒罵，我痛恨自己的卑賤，不堪。

啊，如今我還是無以脫離那一次近乎凌遲的噩夢；身在伊斯坦堡的博斯普魯斯邊岸，有時眠中驚嚇醒轉，竟錯覺彷彿是那個香港維多利亞海峽的夜晚，我究竟是什麼？我又是誰？我只是四爺眼中的一條狗。

這麼多年了，我空有軀殼沒有靈魂。

我沒有任何的未來與盼望，原是出於不情願的流放，而今卻是自我放棄了生命可以自由、安適的意圖；我沉淪入最深的幽暗底層，流放猶如一次又一次無法駐足、歇息的旅行，沒有目標，沒有盡處，依然像昔日一再重複的航海生涯，偶爾上岸，又必須返回船上。

我好羨慕你啊，書平。

有一個可以隨時歸返的家園，累積人脈，結交朋友的環境，我早已失掉這所有的條件及年華不再，像船首永遠懸吊的鐵錨，海風及鹽霧，早已讓它爬滿斑駁的鏽意；離開水手記憶已遙，心卻還是遺落在海上……。

穆罕默德曾經在千年之前，獨自騎著駱駝，孤獨的穿越風雪肆虐的安那托利亞高原，往更遠的東方尋求眞理。書平，你正循著眞主之路前去，你好嗎？

13

卡帕多西亞，沒想到幾乎被大雪掩蓋淨盡，旅行手冊上壯麗多采，如無以數計筍子形狀、金字塔般的火山岩地形都陷落在茫白的雪堆之間，仿如鬼域。

阿巴斯的四輪傳動休旅車就熄了火，陷在深雪裡：「我去村子裡找拖車，順便檢查看是不是火星塞燒壞了？林先生，您別愁著，這小事一樁。」他倒是氣定神閒，一副引以尋常的沉穩、輕鬆。

「我倒想撥個電話回台灣去。」我用力推開沉重的車門，落腳就被雪堆吞噬。

「這裡太偏僻，通訊很不方便，只能去借旅店的公用電話。」阿巴斯指著路口一家被冰雪包裹得僅露出回教式半圓形狀窗子的土黃色建築物。

「不過，你要有心理準備哦，這裡是用人工接線，要轉到安卡拉再撥出去。可要等個幾分鐘。」他認眞提醒。

佇立在零下十度的雪地上，我的毛線帽及呢絨圍巾愈來愈失去保暖的作用，我開始顫抖不休；唇間呼出縷縷的白氣，上下門牙不由自主的相互撞擊，忍不住自語著：「好冷」。

阿巴斯在半個小時後，盡責的跟著一部老舊，幾乎報廢、解體，發出：嘎、嘎、嘎躁耳響聲的拖車回到原地，懶洋洋的年輕工人從後座拿出一條鐵鍊，勾牢我們的車前保險桿中間的套環，相當艱難的移動，往前方霧氣朦朧的村落，緩緩開去，阿巴斯拍拍雙手，放心的招呼：

「那麼，咱們去旅店喝杯熱蘋果茶，順便撥電話，國際線可不便宜呢。」

濃稠的寒霧，陰鬱、沉甸的彷彿置身於天涯的盡頭；一種找不到前路的被囚禁、陷於困境的無可奈何。所念念不忘的，是必須接通台灣的越洋電話，遠在台北的報社，是否有新的指示？那個政爭不斷的島國，離開的這些日子，又有什麼新的訊息，這毋寧是長年來的職業本能所具備的必要警覺。大雪紛飛，嚴冬的土耳其，如今的此時此地，我幾乎後悔不已，沮喪而失志，如果不是工作，我來這冷慄的他鄉異地所為何來？偏偏又遇見一個二十年前令自己不悅的傢伙。

但，話又說回來，如果不是這個不悅之人的全力幫忙，恐怕自己仍像隻無頭蒼蠅，倉皇無措，找不到任何頭緒呢。阿巴斯，還好有這麼盡職的領路人，否則東行之路，必定險阻重重。

我們走入旅店，霎時溫暖除卻先前車輪陷雪、故障的心頭不安，秀緻的櫃檯小姐甜蜜的微笑，接待大廳的鄂圖曼紋飾的大紅地毯，適時送到的燙熱蘋果茶，我和阿巴斯坐了下來。

「林先生，卡帕多西亞最好的旅行季節是秋天。火山岩地形，土耳其人喚之為仙女煙囪，千年之前這是基督教徒的領土，南邊的阿拉伯人大軍侵入，還有後來的蒙古遠征軍，燒殺擄掠。基督徒們避入這片寬達百里的惡地形，鑿岩為住所，教士們造教堂，遂成地下城市。」

阿巴斯隨手遞了份簡介過來，語調輕緩的解說，並且自在的點起菸來。

簡介上印著彩色影像，一個五彩繽紛的熱汽球飄過金字塔般的高原，像一根一根的筍尖；櫃檯小姐以著我所不諳的土耳其語對著電話呼叫，隱約可以稍為弄懂「台北」的字眼。

「你放心，她正在接通國際線。」阿巴斯不忘撫慰著我焦灼的掛念。

「看來，已經近黃昏了，今晚必定要住在這裡，否則連夜趕路到烏法，太黑了，而且風雪鎖路，路程太危險。」

我啜著蘋果茶，抽菸，故作氣定神閒。十多分鐘後，櫃檯小姐對著我搖一搖高舉的話筒，想是接通了台北，我站起身來，挪步過去，說聲謝謝，接手過來。

「我是林書平。」沉聲的問起：「你，哪位？」對方「喂——」了幾聲，背景熟悉的喧譁，台北大編輯室的作業流程正循序進行，雖離開萬里之遙，卻仿在身側，無以抑制的，眼眶竟微微濕熱了起來，對方吼著：

「書平啊，我是小紀啦。」

「喂，小紀啊，辦公室還好吧？」我興奮的吼叫了回去，聽見老同事的聲音，像不曾離開一般，喜悅回來了。

「台北政局怎麼樣？這幾天有什麼大新聞？說來聽聽。」

「您大記者不在，還會有什麼大新聞？還不是國民黨和民進黨，再加上個李登輝！哪像你老人家，欸，土耳其女人不錯吧？肚皮舞，咚個兒咚，樂不思蜀哦。」

「樂你個狗臭屁！本人在大雪紛飛的窮鄉僻壤受苦受難……」正想削小紀幾句，

電話「啪——」的被換了手。

「喂——書平啊。」是總編輯的呼叫：「你，還好吧？到目的地了嗎？」

「三分之二路程了，冷得受不了。」

「你們家以芃大嫂知道我派你去土耳其，不太高興哦。」他吃吃笑輕謔。

「都離婚了……」我感到慨然：「她問你幹什麼？」以芃……事實上是多麼想念她啊，嘴還是挺硬著。

「唉呀，關心嘛，一夜夫妻百日恩。」總編輯打著圓場，忽地語鋒一轉：

「哦，對了。書平，我要你回伊斯坦堡之前，順便追個消息——何方，這個人。小紀說是你的高中同學，國安局的人說，他在幫一個人稱『四爺』的軍火商人做中東生意……能否做個專訪？」

「我此行安排，就是何方大力協助的，只是，我不敢保證他要不要現身說法；好像，他們有他們的行事法則，如果何方不說，我也沒有辦法。」

「欸，書平啊，朋友做什麼的，是嗎？台灣政府多年來透過私下管道，要向歐洲國家買二手潛艇，早已不是祕密。據說，這位何先生的父親曾是海軍中將，義大利二手潛艇，就是何方在接觸的，不管啦，你一定要在採訪庫德族反抗軍後，將這消息傳回來，做一版頭條。」

「總編輯，這是強人所難嘛。」

「去，去，去。就等著你的專訪了。」電話那端急促了起來，顯然忙碌，總編輯匆忙的祝我平安，就掛上了電話。

回到座位，我沉重著。何方願意接受專訪嗎？我沒有把握。基於記者的職責與天生探索的本能，這是個相當吸引人的題材，阿巴斯多少也透露一些蛛絲馬跡，如果遺漏了這個新聞來源，對我也是個損失，走這麼遙遠的旅程，僅爲了庫德族？何況台灣國安局早已知悉這個人了，但是，主角的意願呢？如果何方斷然拒絕？報社指示那樣的清楚，消息不帶回去，我失職，新聞見報，會不會害到我的朋友？的確天人交戰，是必要審愼斟酌了。

屋外的風雪停歇了。窗沿懸著倒掛的尖錐形透明如水晶般的冰柱。推門而出，粉黛銀妝的茫白雪原，這時才得以正視這片被聯合國教科文組織評爲地球十大奇景的卡帕多西亞石林群落之絕美。小亞細亞內陸，一個沉陷憂傷的台灣男子，靜靜的佇立在壯闊、寂寥的雪地之間，盡可能的什麼都不去想，譬如所來自之地，茫然未知的前方……我忽然很想放聲嘶吼或者泫然淚下，一時之間竟然什麼都無法做，只是怔滯。

隨意閒晃，走入一家民族風味極濃郁的藝品店，是門口石牆上掛滿的青花瓷盤吸引住我，推門而進，才知悉自己是唯一的訪客。

「依洛蝦以嗎斯——」彷彿走入台北的任何一家日本料理店，土耳其店家如此流暢的招呼。我微笑的擺手示意，他們禮貌的任我穿廳入室的隨意晃蕩，華麗鑲金的瓷器，靛藍的土耳其石，引不起我任何的購買欲望。我想起……以芃。她一向是偏愛這些民族風味的飾品，波西米亞氣質；現在，這一切都不再有任何意義了。

阿巴斯回報：車子明朝會修好。換了機油、火星塞等等，費用大約是八千萬土耳其里拉，折合美元五十塊錢，我說由我支付。他滿意的留了兩瓶紅酒在我房間。

入夜，風雪又急驟而至，房內暖氣太熱，竟出了一身汗，酒後昏沉，輾轉床側，羊毛毯子粗劣扎人，覺得懊惱而不適，與自我搏鬥了久久，不知何時入睡。

眠中有夢，血腥的紅，海水的藍，炙熱的橙，冰雪的白……有一種熟悉的香水味輕緩挪近，恍惚之間，柔嫩、溫柔的女體，幾乎觸手可及的高昂情欲；以芃略顯羞怯卻又淫邪的神祕笑意，不斷的誘引、迎送……我渴求的伸手試圖擁摟，卻老是欲拒還迎，以芃，妳，爲什麼不過來？來呀。

「書平，你又爲什麼不過來？」以芃的女音忽然轉變成低沉的男聲，竟是何方！

我驚叫的醒徹，一身汗涔涔。

14

這是亞德里亞海某處的島嶼，隸屬於義大利管轄，我悄然抵達此地。

遠離雪季冷慄的伊斯坦堡，地中海型的溫暖氣候，讓我覺得舒坦極了。在土耳其本土，只有南下到地中海北岸的安塔利亞，冬日才見得著尋常的陽光，那裡茂盛、豐腴的棕櫚樹、椰棗以及咖啡豆，像極了我娘所定居的美國加州，一個叫卡美兒的海岸小城；據說市長是個有名的電影明星：克林伊斯威特。我去過一次，我娘及我姊竟日和三姑六婆搓著衛生麻將，淡然問聲：

「哦，何方。你來啦？」而後又埋首招呼她們的牌搭子，好像我是空氣。我早已不在乎這所謂「家人」的一慣冷漠，從伊斯坦堡搭十幾個小時的航機直飛紐約，再轉六個小時的國內線抵達洛杉磯，對她們而言，好像是從對街的住所，走過十二米寬的路面，推開我娘的門，要來借油鹽醬醋茶似的不以爲意。罷了，罷了，我早已習慣。

鯨豚般靜止於水線上的中型攻擊潛艇，編號二〇一〇，是第十艘此種型號之意，前四艘早已除役，聽說當廢鐵拆卸毀棄。買方的原始訂單是八艘，必須要經過他們的老大哥美國政府同意，問題是義大利官方姿態很高，只肯賣四艘，因爲後四艘在幾年前曾經大肆換裝法國最先進的電戰設備，仍處於現役最適用的巡航狀態。另一方面，買方的敵對國蠻橫的以長久的邦交要脅，四方默認，談成的貨物就是那四艘已是破銅爛鐵般的堪用品，苛刻的條件不止這樣，還必須拆除攻擊用的魚雷發射管，二十年的兩千噸柴油動力潛艇，四艘付現，總共十億美元，新造的都沒這麼昂貴！精明的義大利人，把我的買方當超級大凱子，眞是他媽的！

不過，買方願意，這是他們悲哀的一向宿命。二十多年前，我死去的父親還是個小小的海軍上校，一回到左營眷村，沉鬱、悲痛的向著我正在修整花木，卻一身亮麗旗袍的秀緻母親吼著：

「孩子的娘啊，我回來換洗制服，怕這個月都必得出海巡航，老總統說啊，漢賊不兩立。咱們退出聯合國了，老美出賣了我們，排我納匪，孰可忍孰不可忍，還是聯合國創始國哪！」

我永遠記得，父親那如喪考妣，鐵青的挫敗之顏。好了，二十幾年後，我父親認定為一生最大屈辱、敗壞家風，沒有用的兒子，要為他一生忠心耿耿的國家，當掮客買二手潛艇，這豈不是天大笑話？而且人家喊十億美金，一個子都不許殺價，凱子買方還感激涕零的一逕說好好好。四爺是最清楚的，他冷笑的說：

「我們多少還是幫國家做了些實質有用的貢獻哦。何方啊，他們每年花多少冤枉錢，白白送給那些連聽都沒聽過的，什麼非洲、中南美洲的邦交國，那些黑人小朋友、阿米哥一次獅子開大口就是五百、一千萬美元，喪權辱國莫此為甚哪！這些政客，十足的形式主義！」

終究，買賣就是買賣，我們拿到佣金，誰管它是一堆破銅爛鐵，只要潛得下去，浮得起來，銀貨兩訖，後頭的零件、保養契約雙方再談就是。

阿巴斯說，書平在卡帕多西亞撥電話回台灣，眼神閃爍，表情煩躁，看來書平的報社要的不只是庫德族自治區的消息，多少可以聞到一種另外的氣味，最好不要打上我的主意，我是個在黑暗深處的隱形人。四爺一再提醒我提防書平，台灣國安局的人告訴他，書平在新聞界一直是個自由派記者，據說十多年來都替反對黨說話，不知道和他是本省籍背景有沒有關係？或者我所認知的，出自於對正義、公平的熱情？

這條線的主導權握在我手上，只要用力一抽，是我可以掌握書平，而不是讓書平來宰制我……你暗中調查我，四爺則從台灣方面注意你。書平，我不願意你我之間因此形成對抗、緊張關係；我們原本存在著年少之時一種最美麗、天眞的情分，不要折損好嗎？

冬季乍暖的亞德里亞海，我在。

風雪冰冷的卡帕多西亞，有你。

相信聰明如書平，同時正在揣測著我；不錯，我也正在臆想著你，但是我心多了份溫柔、善意。相較起來，你比我難以猜透，我說過，我們一直是在明與暗的兩端，你清晰我朦朧。

我，很想如二十年前那般，用心地，無求地好好傾慕你，一直是我的初戀。我明白，你的世界裡沒有屬於我的這一個部份，所以，我始終只能遙遠的仰望著你。

這無名之島，橄欖樹與葡萄園，在這冬日只剩荒蕪的枝椏，所有希望的葉片，都掉光了，彷彿我早已絕望的枯竭之心。你仍然渴求一個女人吧？可以爲你生兒育女，妻房或情人都可以，只要是女人。而我，是多麼的悲哀，我只要靜靜的想你，以款款不渝的深情……。

眼前那俊偉的義大利男子，正以歌謠般的流暢語調，一面和同樣是侍者的豐腴女孩說笑，一面將我點的香草春雞從櫃檯那端送了過來，黑色的蝴蝶領結，漿得雪白筆挺的襯衫，墨如夜色的長褲，褐髮、白膚，年輕得像教堂聖壇之前唱詩班的無邪男孩，多麼酷似我們十七歲之時的青春、爛漫。

好了，唱詩班男孩停駐在我的餐桌前，水晶燭檯的光焰燃燒出玫瑰香氣，泛著油光的春雞旁，一株三葉的綠色薄荷葉；我說，給我酒單，兩只高腳杯。男孩怔了一下，他意識到僅有我一人何以需要兩個杯子？我伸出兩指示意一種堅持，挑了一瓶一九九四年份的紅酒，晝平啊，你不在身旁，但我要與你對飲。

幽雅的餐廳裡，稀疏、零落的幾桌客人，由於冬季不是旅行的適當時節吧？這般的蕭索卻極符合我此刻的心境，一個人獨享華麗的晚餐，兩只高腳杯，晶瑩剔透的沉默，紅酒仍未送達，顯示出一種相對無言的荒謬，不就像是書平與我共處之時，隱約可見的尷尬、不安嗎？切割著滑嫩的春雞，沾起醬汁入口，清香不膩：「嗯……。」不凡的口味提起我原是可有可無的食欲。舉目，那唱詩班男孩手捧銀盤，開好的紅酒及壺狀的琉璃醒酒皿輕輕的置於桌前，他溫文有禮的在杯子倒了一小口，請我試飲，以著優雅的手勢。

「嗯，好。」我輕啜一下，指示可以。

紅酒「波——波——波」絲帛般的紅寶之色旋入醒酒皿內，我隨口問他的名字如何稱呼？

「羅塞尼。高興為您服務。」他回話。

「羅塞尼。這裡的人嗎？」接問道。

「不，我是拿不勒斯人，還在羅馬念大學；寒假到這裡打工賺學費。」

「很好。羅塞尼怎麼不留在羅馬？那裡是首都，打工的機會不是更多嗎？怎會跑到這荒遠的小島？」

「羅馬冬季太冷了……」他好看的深眸在暈黃的燭光裡炯炯有神：「而且，我一直想來這島上看看，地中海哪怕是最寒慄的時節，還是暖和。」羅塞尼邊說邊將醒酒皿裡的紅酒依照吩咐的分別倒了六分滿在兩只高腳杯中。

「哦，對了，尊貴的先生從哪裡來？」他微笑的神情帶些羞怯，小心翼翼的問。

「伊斯坦堡。」我舒坦的回答。

「哇——」他孩子般驚呼了起來：「古代拜占庭的首都呢，珠寶與香料之城。」

「沒什麼，從威尼斯搭船就可抵達，如果你願意來，我可以招待。」我以眼色試探的放出信號，如果這漂亮的男孩亦是我所隸屬的國度之人。

「嗯？」他似乎警覺到什麼意外的暗示：「謝謝先生。目前仍無打算。」直覺到他以某種冷淡還了回來，明白的拒絕。

話似乎談不下去了，我頷首示意他可以離去。漂亮男孩留下：「用餐愉快。」的尾音。

古老的鋼琴，一個紅髮肥胖的中年女人，開始演奏，並著麥克風有力的哼唱：

黃昏遠海天邊，薄霧茫茫如煙，微星疏疏幾點，忽隱又忽現……

這不就是我們十七歲時一起在音樂課大聲吟唱的義大利民謠嗎？何以遠離了伊斯坦堡，書平，我們共同的青春記憶依然那般明晰？彷彿時時蠢蠢欲動的試圖喚醒或連接什麼？唉，思念如蛇般纏繞不去。來，書平，我們對飲！

聖塔露西亞，聖塔露西亞……。

15

標高五一三七公尺，土耳其第一高峰阿拉拉山。

聖經舊約所描述的挪亞方舟，千年以來傳聞在此泊靠。阿巴斯虔誠肅穆的張開雙手，向著終年白雪覆頂的聖山複誦著：

阿拉……烏拉克巴（眞主至大！）

可能是我半生至此，所仰望過最爲澄藍的天空了。幾天以來的風雪跋涉，似乎因之而獲得一份欣慰的償還，但我內心深藏多日的焦慮並未能尋到出口，思緒中不時浮現報社所賦予已定的採訪主題外衍生的另一指令：從何方口中確實知悉關於軍火買賣的某些內幕，這相當爲難。

阿巴斯已盡責的將我引領到這人煙稀微的東部高原，往下行去百里，就是重兵防衛的敘利亞、伊朗、伊拉克邊境，看這荒原數百里，植被強韌的緊攀附壘壘冷蕪的惡地形，庫德族村落所顯示的貧困正對比著此一民族的前景蒼茫。

未及邊境，所經之城鎮，一身美式武器配備的土耳其軍人，早已虎視眈眈的盤查過阿巴斯與我的車輛，護照在哨所審視久久，善意的會提示，最好往北方去，東部偏南地帶，激進派的庫德族反抗軍不知會做出什麼駭人的動作？我不能表明記者身分，否則怕被驅逐。多年來的職業本能告訴我，佯裝毫無所知的觀光客是最妥切的護身符，阿巴斯所配戴的旅行嚮導名牌及車前窗右下角所貼「土耳其國家旅遊局通行證」給予我們相當的便利，但愈來愈多的盤問，卻也明白宣示，困厄加深，相對的，目的地就將抵達。

駱駝及羊群時而可見，教堂的廢墟是十字軍東征及蒙古人入侵的歷史見證……我來採訪，還是旅行？想著神祕莫測的何方，偶爾記憶裡那十七歲時不潔的惡感時而湧起；這樣令我備覺辛苦，我無法向阿巴斯坦白，這是我最大的障礙。我兀自在午間依然冷慄的空氣裡默默抽菸，與阿巴斯距離約三十公尺之遙，粗糲的臉顏那般眞心、虔誠的向著他們的聖山禱告，天那般無瑕之澄藍，彷佛眞主慈藹的無言俯看著阿拉拉山下永遠的信徒；阿巴斯從一日五回的禱告裡獲得不朽的堅定，而我，什麼都沒有。那種逐漸加深的畏懼，撲天蓋地的湧漫而來，幾乎將我吞噬。

一種莫名而流淌的憂傷，盈溢全身。

孤獨，原來是如此難以承受，這異鄉廣袤壯闊的高原之頂，稀薄、潔淨的大氣，令我因情緒的倏然起落，而明顯的缺氧，微暈以及欲嘔的難堪。我病了？突然的失去行動能力，搖搖欲墜，舉步維艱，沉重的慢慢坐了下來。

阿拉拉山與我相對無語。

似乎是自始不曾被俗世污染過的，絕對的純白無瑕，遙看時而令我心靜，看久了，卻有一種逐漸擴張的驚悸……年少時，讀梅爾維爾的小說《白鯨記》彷彿的心情，蒼鬱深藍近墨的北方海域，流冰群玻璃碎片般隨著凶猛的浪濤，撞擊、切割著脆薄如紙片的船體，幽幽邈邈之間，雪白如巨大冰山的鯨魚莫比敵悄然的浮現水面，那雙靜謐得連靈魂都會爲之屏息的眼瞳，注視著高舉標槍的獨腳船長。

「最後，復仇的怨恨，船長與鯨魚永遠沉淪入深海之中？」十七歲的何方微嘆的闔上書頁，蹙眉問起。

「不，白鯨背負著船長的屍體，往更北的北方消遁而去，世仇永遠相繫，無盡無止吧？」我漫聲回答，悚然一驚，卻是二十年後此時此地的自我。

惘然如歲月之流逝。我和何方的十七歲那般燦美如華；一起趕放學後士林民族戲院的電影，嗜讀文學，並且置身於西門町天琴廳或美國新聞處的藝術講座……僅因爲那個懊熱的夏夜同眠，他令我深感屈辱的，非異性之間的親密舉止，我驅逐他並且切斷原本美好的友誼，將何方永遠囚禁在門外。

非如此不可嗎？眞的必要這樣？

道德或是尊嚴？或者，他牴觸了我的性向主觀？那時，如果我正色的告訴何方：「我們不能這樣，我不喜歡如此。」輕緩的制止，轉移另一個話題，也許事後不至於斷送了這段親炙如兄弟般的情誼；我是不是過於嚴厲苛求了？

二十年來，時而湧現的是何方被我怒聲喝斥，立刻驅逐出門的窘狀。一臉死白，汗涔、悔意的無辜之顏，唇裡呑嚥的、尋求原諒，幾近哀求的低叫：

「書平，書平……我，我，我……」

粗暴的用力推擠何方，捶了他兩下，大門一開，我雙手猛力一推，他踉蹌得差點跌跤，他哭號著：

「我對不起，我對不起……書平。」

清清冷冷的暗夜，霧濛濛的大氣逐漸吞噬何方孤孤單單的少年身影。

忽然內心一陣不忍，驀然想起，何方黯然的提及，在左營眷村，他時而被嚴厲的父親鞭打及驅趕的不堪往事，而我，做等同的動作，如出一轍。

二十年後，我才流下悔憾的淚。

也許，俟我完成了採訪工作，返回伊斯坦堡，應該主動表達善意，相互予以和解。

而我，又何曾努力的試圖與失去的婚姻和解過？漸去漸遠的以芃，我一向那般深愛，如今法律上已無名籍的「前妻」，至今，我仍不明白，也不敢相信，何以事情會演變得這樣的難以挽回？是由於我太放縱而忽略了妻子？還是生命過程之間，彼此對人生的價值認定形成兩個極端；何以她會決絕求去？究竟，我做錯了什麼？

秀緻的國中教師，李以芃。

年輕、傲氣的新聞記者林書平。

初遇時，我就直覺、主觀的確定，以芃將是我可以攜手一生的絕佳伴侶。她沉靜嫻雅，歷史系剛畢業，在近郊的國中教二年級，父親曾做過鎮長，彼時是縣議員，擁有一個甲級營造公司，在縣內蓋了不少的透天公寓賺了不少家業。以芃是最小的也是僅有的獨生女，上面有兩個哥哥，老大接掌父親的營造公司，豪邁霸氣；老二則是個溫文爾雅、略顯羞赧的牙科醫師。以芃從小學鋼琴，她笑著說，受過日治末期小學教育的嚴厲父親要她自小習琴的主因是爲了「培養淑女氣質」，從事教師工作則出自於「高尚」的世俗信念。我和以芃的交往期間，她們的家族顯然並不鼓勵，我永遠記得首次面見以芃父親的時刻，我敬謹遞上名片，老人家慢條斯理的從西裝胸袋裡掏出老花眼鏡，而後仔細反覆審視著手中的名片唸著：

「政治組國際新聞版記者。」

「是的，李伯伯。」我囁嚅的回答。

「告訴我，當記者一個月可以賺多少錢？嗯？」老人家竟如此直接。

「不多啦，大約是三萬塊錢。」有些不安，有些窘迫，還是據實以告。

「年輕人，三萬塊錢可以養我女兒嗎？」他的眼神透過鏡片，放大鏡般的將眼眸凌厲的直射過來，冰冷且不屑。

「爸，怎麼這樣問書平嘛，人家第一次來看您，好像問犯人。」以芃試圖替我解圍，嬌嗔著輕擁住父親。

「應該有些外路吧？林記者先生。」老人家還是緊迫盯人：「我是說，額外收入。」

「李伯伯，有的。」我認眞的解說，只爲了尋求以芃父親的信任，我微喘著：

「平時，固定爲幾家雜誌寫稿，酬勞還可以。」

「沒有人給你紅包嗎？像受訪人？」

「我不接受饋贈的，李伯伯，那是違反記者的良知，同時報社也不允許。」

沉默了半晌，老人家端詳了我，再問：

「林記者是本省人？你的台語不錯。」

「李伯伯，我是道道地地的老台北人。」

「嗯，那好。」老人家換了個坐姿，咳了兩聲：「我這個人是沒什麼省籍偏見的，可是我還是堅持女兒的對象必須是台灣人。」

以芃在父親的背後，眨了下可愛的右眼，做了個調皮的ＯＫ手勢，意味我通過考試。

「林先生，林先生——」

空曠的荒原，呼喚的聲音顯得格外巨大，循音回望，阿巴斯從百尺外的車窗探出頭來，招手要我上車，緩步向前走去，抵達這四千公尺高海拔的惡地，已逐漸適應這稀薄空氣的環境，一切動作、呼吸都必須平緩，切勿躁急，否則體能難捱。

「他們，已在前方的村落等待。」阿巴斯顯露著忍抑不住的喜悅，話語高昂。

「林先生。」他慎重的提醒我：

「訪問時，切勿用『叛軍』稱呼，我們是真主應許的庫德族建國組織。」

車向前行，阿拉拉山彷彿給予祝福。

16

尤里子夜又來我臨海的住所，鬱鬱寡歡的模樣，反而成為一種格外魅惑的好氣質，這教我心疼，青春的俄國孩子。

夜霧濃稠的瀰漫著博斯普魯斯海峽，亞洲區綿延的丘陵之間，除了隱約的清眞寺高塔之頂的警示燈強烈的閃光及希爾頓旅店鮮紅如血般的霓虹店招，霧中的民居幾乎朦不得見。灰藍的美麗眸色藏著心事，坐在背海的深色大沙發下那條絲質的鄂圖曼帝國末期的古董地毯，低首玩弄著我送給他的匕首，默默無語。

我微笑的端詳著這好看的男孩，隨手倒了兩杯酒，他抬眼望我，摺扇般的睫毛眨張了幾下，白皙的臉頰潮紅了起來，坐燈映照之下，如同古老的宗教壁畫裡，長翼的純淨天使，卻是我深暗國度中，貪欲的不朽美色。

尤里。和巴斯特納克小說《齊瓦哥醫生》同名的俄國男孩。印象深刻的反而不是小說，而是電影的首段——

他們唱著〈安息之歌〉，東正教的老牧師搖晃著焚燒的香爐，引領家人緩步的走向墓園，小小的尤里齊瓦哥一身黑衣，手中緊握著一束白花，不解的時而仰看被放置在棺木上端，狀若沉睡的母親，不知他們要將她帶往何處，一陣凜冽的寒風忽然颳下了身畔大樹所有殘存的葉片……

哀傷、無聊的灰藍之眸，多麼酷似的兩個尤里。也由於如此，我允許這個來自黑海北岸，在夜總會裡擅於表演哥薩克舞蹈及擲飛刀的俄國男孩第三度來到我的住所，我這輕易不示他人的內宮。

「我，不想喝酒，我要果汁。」男孩說話。

依循他的請求，另外倒了杯橙汁給他，順勢與他貼身的坐了下來。光暈裡的金髮微香，白皙的頷頸青嫩如瓷，我的指尖愛憐的輕撫他，男孩沉吟了一下，軀體側向我，自然的反身互擁。尋覓著他柔軟溫潤的雙唇，男孩被動的，毫無抵抗力的任我吮吻，逐漸，我狂熱起情欲，緊緊擁摟住這青春、美麗的肉身，緩緩臥倒成平行，突然手背一陣刺痛！

鮮紅的血，微微的從一個細線般的缺口淌流而下，染紅了男孩的白上衣，我警覺的翻身而起，這才發現，在彼此擁抱之間，他仍未放掉手裡的匕首。尤里一臉害怕，忙問：傷到哪裡了，溫斯汀先生，有沒有怎麼樣？要不要緊？

我的左手背被劃傷了，血一直滴著。

我多少被激怒了。厲聲喝斥尤里：

「你，怎麼可以這樣？刀子放下！」

尤里慌亂的拋下了匕首，全身驚嚇的顫抖不已……直說：對不起，對不起。

我冷冷的盯視著這狀若無辜的男孩，明知道這是一次無心之錯，卻狠毒的以眼神作爲對他的懲罰。我迅速的閃入洗手間內，取出雙氧水消毒，塗上碘酒。對著鏡子——呵，自己是這般激憤的怒意呢，這個小俄國人，怎麼可以這樣？

俄國人，俄國人？多年前，在油輪上被四隻俄國豬！怎麼恣意、粗暴的凌辱我的？現在，這個小俄國人竟用我所贈予的匕首「無心」的刺我一刀？隱約，逐漸膨脹並且加大的恨意鼓脹如氣球，我衝出洗手間大吼：

「你，給我滾出去！馬上，滾！」

犯錯的小男人，一臉慘白的黯然之色，極欲辯解什麼的，結結巴巴的低喚：

「對不起啊，溫斯汀先生……。」

「立刻給我出去，不要回來！」我暴怒著。

「溫斯汀先生……求您，夜這麼深了，請不要趕我走，尤里向您致歉。」他哀求著。

我冷酷的用力比著大門的手勢，毫不容情的予以驅逐：「尤里，你走吧。」

男孩逐漸沉靜了下來，等待著某種自我的抉擇，雙手垂下緊貼著褲管，低首沉思著什麼。我從皮夾裡照例抽出了兩張百元美鈔，遞了過去，尤里接了，手依然微微顫慄，掩眼不敢直視我，他向大門走去。

「刀子。」我說：「刀子，一起帶走。」

尤里遲疑了片刻，再走回來，俯身撿起地毯上沾血的刀子，燈光下匕首熠熠生寒。

他默默的離去，大門沉甸甸留下一個悶聲，我挪身至露臺，什麼時候又開始下雪了？白皚皚的小街，夜雪綿綿……茫白之間，纖弱、彷似無助的小小身影，踩雪離去，偶爾回首顧盼的絕望。

我必須喝一杯酒，穩定激越的情緒。視線裡，我的俄國男孩跌跌撞撞的行走在綿綿不絕的夜雪中，我清楚的瞧見，他揮手叫喚著稀疏駛過，卻不曾停下的街車，而後無依的向前走去，也許，從此就永遠在我生命中消失了。

左手背，微微的疼痛。我的心也是，疼痛的，不止是斷然的趕走尤里，更遙遠的記憶，在如今幾乎全然模糊的左營眷村，將軍父親狠心的把我逐出家門，無助無依的在街頭流浪，我哭泣行走，不知何去何從？呵，我突然很後悔很後悔，方才何以那般暴怒的趕走尤里？這麼冷慄的雪夜呢，如果叫不到車，我的俄國男孩就那麼艱辛的踩雪回去？回去哪裡？如同我一樣，皆是遠離家園的異鄉人，台灣的何方，俄羅斯的尤里……慢著，爲什麼我不留下他？

小麥色金黃的髮，還帶著青澀的稚氣，初初壯碩起來的肉體，強韌中帶著羞赧，他裸身側臥在我那張金色的巨大銅床上，白皙的膚色猶如一片北方之雪，任我撫挲，任我進入，或進入我……青春之絕色，我怎麼如此輕易就放掉他了？親愛可人的尤里，我的俄國小男孩，你回來，你回來啊，讓我，好好的疼愛你，我永遠不會再責怪你，你快些返回，敲我的門，尤里，你，回來。

我注視著玄關靠近大門的位置，一顆心怦怦然，熱切期待著下一刻輕脆響起的門鈴聲，沒有，還是沒有。

玄關的牆上，懸掛著每個土耳其住屋千百年來循例的藍眼珠子，以玻璃燒融而成，可防「邪惡的眼神」用以避邪；那最深的，如海般的藍意，深邃透徹如尤里眸色灰藍……尤里，請你回來啊。只要你願意返身回來，我會爲你拂去身上冷慄的雪，爲你拭掉眼角因不安、焦灼殘留的淚漬，替你泡上溫熱的上好蘋果茶，倒上暖身的酒液，然後我們抵足同眠；忽然覺得有好多好多的話要向你說，說我一如尤里你此時青鳥般的青春歲月之時，所感觸的種種追尋、哀愁以及美麗。

凌晨兩點四十五分。尤里，你在何方？

夜雪不歇，露臺邊緣堆積幾吋，海峽迷濛深處，隱約的船笛，此起彼落，朦朧雪霧，響笛以避撞船。多少次經過此一標示分隔歐、亞兩洲的海峽，如今竟由幻成眞的臨海而居，我的內心卻猶如千古之廢墟。

千古之廢墟啊，何方，未來何去何從？貝里斯國籍的我，自始未曾去過那加勒比海的中美洲小國，多久不曾想過生長的台灣？父親何唯中將軍埋在台北汐止五指山的國軍公墓，母親及姊姊是美國加州公民，我又是誰？我是什麼？土耳其伊斯坦堡寄身的異鄉人而已。遠去、如同迷霧般的台灣，我應該早就予以疏離，卻時而忽隱忽現的有著某種深蘊的心痛，被驅趕而出的可恥抑或是我自己屈辱了故土？這相互背逆、撕扯的痛，竟也成了長年之沉疴。

船員的歲月，我們的十萬噸油輪開進高雄港外海碇泊，由於船隻順序排列，三天後才能進入主航道，只好在外海靜靜等待，接駁的交通船載運我們登岸，幾個月海上航行，下得船來，頭重腳輕，幾乎站不住依然顛簸的雙足，慢慢穩定下來，船員們被石油公司的專車送去壽山下的酒吧街，據說有一大票女人等著撫慰我的同僚；我叫了一部街車，司機回頭問我要去哪裡？一時間，竟然不知所措，司機再問了一次，終於，下決心說：「去左營吧。」

夜色深沉，我緩步在昔時的眷村巷弄，既熟悉卻又陌生，偶爾有人從敞開的窗門悄悄窺探我這遠行回來的遊子，卻似乎再也認不得我了。那時，父親已調離左營軍區，轉任位於台北大直總部的作戰司令；幾年的海上航行，我的外貌轉變許多，原本白皙的膚色變得黝黑、粗糲，官校被退學的醜事應該早被遺忘。我佇立在舊日成長我的眷村家門，多少難以自持的一陣寂寥與慨然，我明白，這裡早就不再是我的家了，我早被隔離，並且早就認命的自我流放。

有些事，遺忘才是最好的解藥。

尤里，傷心離開的男孩，是否亦要試著忘卻，像我曾經努力的想忘掉書平。

17

傳眞機嘎嘎然的傳送聲響躁耳如古老的紡織機操作的慵倦感，幾乎令我昏昏欲睡……阿巴斯忠誠的守候在機器一旁，深怕稿紙接續中斷，這個差事相當磨人，五百字方格稿子共八張，順利傳眞回台北報社的話，可做三版大頭條。庫德族反抗軍照片可由美聯社或法新社取得，雖然，我也拍了好幾卷相片，留待返回台灣時，再另撰深入解析、報導之用，第一篇長達四千字的近身採訪，總編輯應該滿意，我沒有疏忽應有的專業與職責。我所憂杞的心事，反而是如何向何方啓口，徵詢他私密的軍火生意事宜，這才是令我忐忑不安的焦慮，到底該怎麼問起？

友情拜訪？在伊斯坦堡的幾次相處，我所呈現的不友善態度，而今卻成爲自我爲難的莫大阻礙……我不該那般的直接、率性，應該不以爲意，對何方以禮相待，畢竟高中同學一場啊。但我就是難以忘懷二十年前他對我的侵犯，林書平啊，你竟然是個那麼會記仇的褊狹之輩？冷漠而不屑的明顯表露對昔日少年好友的恨意，也許那時，何方只是出自於某種對同性肉體的好奇，罪不至此吧？如今卻落得有事相求，卻無法啓口的窘境了。

何方的訪談如果沒有完成，回到台灣，總編輯及那干高級幹部，會如何訕笑我？事實上，我也可以皮皮的，要賴的大聲反駁那些小奸小惡，等著看人好戲般的同事們說：

「何方拒絕，我無能爲力。」

可以這樣嗎？我可以想像故作爛好人狀的總編輯，會裝成怎樣的一種表情，他會不慍不火的一副沮喪的苦瓜臉、雙手一攤，彷彿欠他幾世人情般的無奈說道：

「書平啊，你這不就讓我爲難嗎？報社花了這一大筆費用，派你遠赴土耳其，僅傳回庫德族反抗軍領袖的專訪，這不是太浪費了嗎？朋友是幹什麼用的？嗯，何方先生，你的高中同學呢？替我們政府密購義大利二手潛艇的事，是多大多吸引讀者的大新聞呀，你放著不做，對手報紙虎視眈眈，黃雀在後哪，這麼重要的獨家，你這位資深的政治記者竟然忽略了？」

總編輯會停下來幾秒鐘，而後親炙的動之以情，這種習慣動作，我早洞悉。接著，我這位與我同時考入報社，擅於黨政關係建立的老同事會以哀求的語氣繼續訴苦說：

「發行人及社長那邊，我怎麼交代？書平啊，我可擔待不起。」

也許，我會鬥氣，執拗的答他：「這可是老總你硬要我去的哦，土耳其的冬天冰封雪凍，你長官以為我林書平是去看肚皮舞，喝蘋果茶呀？為什麼當初，你自己不去？」

我眞的可以這般直率的頂撞嗎？將狠話說絕了，大家僵在那裡，對我沒有任何好處。可不是嗎？好不容易幹上個「國際新聞組副主任」，彼此撕破臉會很難看的；話又說回來，身為記者，何方的軍火買賣原本就十分吸引我，這種極其機密的大好題材，誰都不會輕易讓它溜掉的。

怎麼辦才好？我陷入天人交戰，內心十分慌亂又充滿矛盾，何方又會如何揣測我這原來計畫中並不存在的不情之請呢？下意識的，點起一根菸，我陷入苦思。

「林先生——」阿巴斯微笑輕喚著我，並且做了個OK的手勢，意味著八張稿紙已順利傳眞完成，我暫時鬆了口氣；再下去呢？才是最困難的部分了……。

如此忠誠的阿巴斯，這位純樸而實在的庫德族人，在艱辛跋涉的旅程中，伴我攀山越嶺，風雪無阻，近十天的相攜同行，我已認定他是我值得此後交誼的異國好友。顯然，阿巴斯與何方的關係不淺，看來，這為難之事，必得要阿巴斯作爲一種緩衝器，透過他作爲橋梁，否則直接就向何方提出訪談要求，怕會被斷然拒絕。

烏法，一個古老的城鎮，昔日十字軍東征之後，建立了無數的教堂，摧毀了很多的伊斯蘭清真寺，鄂圖曼帝國奪回統治權之後的數百年，重建清眞寺大多以基督徒教堂加蓋尖頂拜塔，意外的是留下了濕壁畫，聖母、聖子、聖靈三位一體仍然保存；那精緻、華麗的馬賽克嵌磁，金色炫爛，地上鋪著伊斯蘭毯子，從圓頂垂下亮燦的油燈，藍色深沉的蛇狀可蘭經文懸掛。我仰看久久，直至頚頸痠疼，嘆爲觀止。

反抗軍領袖，款待我這外來者燒烤全羊，佐以東部高原充滿野性的紅葡萄酒，並有來自敘利亞的咖啡以及伊拉克的無花果汁。溫文爾雅，令人出乎意料之外的竟然出身埃及開羅大學碩士，年僅四十二歲，他以相當流利的英語，指著手中的可蘭經，靜靜的向我說：

「伊斯蘭之教義，只有人與人之和諧關係，而我們同一信仰的相異族群卻阻攔庫德族建構獨立國家的自由。」他沉吟半刻，見我禮貌頷首，接著說：

「西方媒體大多應和著列強百年來的謬誤說法，以『恐怖分子』一語帶過。土耳其、伊拉克、伊朗三方劍拔弩張，同樣是伊斯蘭的子民，卻因庫德族人一向弱勢，就予以欺凌，這是很不公平，他們壓迫，我們反抗，還能如何？來自東方島國的記者先生，你，能明白嗎？」

深眼凝視著我，彷彿等待我的詢問。

「閣下原在埃及，何以返回此地，成爲反抗軍領導人？」我小心翼翼的想起阿巴斯的叮囑，怕自己會習於土耳其官方用詞的「叛軍」，不慎觸怒對方。

「知識分子所爲何來？」他微笑回答：「你知道美國哥倫比亞大學教授愛德華薩依德吧？」語氣帶著反問。

「嗯。讀過他有名的《東方主義》及《遮敝的伊斯蘭》，有中文譯本，作爲一個美籍阿拉伯人，他卻奔走於故鄉巴勒斯坦的建國大業，這人正是知識分子的良心。」我敬謹的表示看法。

「世人皆關心巴勒斯坦建國，卻故意忽視我們庫德族人的存在。」他悲傷的訴說，身旁的阿巴斯盈淚的紅了眼眶。

「未來，庫德族人的未來比巴勒斯坦更為艱辛千百倍，來自東方的朋友，你一定要翔實的告訴你們的人民，庫德族人的盼望及決心。」他最後作了如此沉痛的結語。

本來以爲反抗軍領袖不諳英語，必須借重阿巴斯作爲翻譯，不想如此順暢的完成近一小時的採訪工作，接受晚宴之邀，那是三個小時之後的事，趁著明亮的雪光，我以相機拍了村落庫德族人的作息照片，在我請求反抗軍領袖留下影像之時，卻被嚴厲制止，包括阿巴斯都激動的連聲說：「不可以。」

回到烏法，這號稱「先知之城」的古代聖地，苦思竭慮的是如何向遠在伊斯坦堡的何方提及訪談之事；阿巴斯在帶領我前往先知阿布拉罕誕生的洞穴時，多少察覺我隱約的焦躁、不安，心領神會的主動問起，若還有未竟之事他可以全力促成，我坦白的予以告知。

「何先生是你的好朋友，他應該會應允才是，你大可不必憂心。」阿巴斯平靜而肯定的回答，反而讓我相當意外。

「何先生在我們行前，一再叮嚀，任何事情，都要爲林先生你解決呢。」他微笑的擺一擺手，彷彿一切都可迎刃而解般的輕鬆，是阿巴斯樂觀，還是我太過多慮了？更加肯定的是，訪談之請，是必須要阿巴斯居中傳達了；可是，何方他眞的會答應嗎？那般機密的買賣？

緊繃的情緒多少爲之鬆弛，放開心情的在古城間散步，晴亮蔚藍的天空，遠方連綿的山脈有淡紫泛銀的稀微煙嵐如帶，頂峰積雪，白若水晶，白楊、樺樹的枯枝高舉向邊遼的藍天，這高原之美，大氣之清爽，由於午後陽光，而眞正的體驗到近東大陸的壯闊與無垠。

感到飢餓，我們在一家雅致的傳統餐廳坐定，豐盈的菜色：烙麵餅，蘿蔔煮切丁牛肉，燉青、黃、紅三色甜椒、烤羊肉串、焗茄子。似乎在完成了庫德族反抗軍採訪，並傳回台北報社的稿件，加上此地的大好晴天，心情逐漸好轉，而眞正的享受一頓可口的土耳其午餐，十分愉快。

飯後，在市政廳廣場，又見到凱末爾銅像以及遍插的紅底白月星的國旗，在微暖的微風中蝴蝶般的翩飛；路邊的小販熱切的向我們推銷琳瑯滿目的手工藝品，銀製的手鐲、項鍊，我挑了一支鑲著土耳其藍石的匕首，尖銳閃亮，阿巴斯說，這是很有意義的紀念品：

「但要小心，可別刺傷了自己。」

向晚，阿巴斯接通了何方的電話，只見他比手畫腳，由平靜逐漸急躁的語氣，我可預知，顯然何方是不同意了。

「林先生，何先生斷然拒絕。」他說。

18

我所隱憂的事終於成眞了。

書平想是難以啓口，透過阿巴斯向我請求訪談，這要命的事偏偏是我們這一行最不願意吐露的莫大禁忌；雖說是情誼很好的高中同學，我仍必須排除之。

四爺的一再提示，要我特別注意書平的逐步進逼，果然不幸言中，他所要的，是我所不能給予的；在我們這只能在明暗交替之間，默默進行著的買賣裡，大多是無法攤開在陽光下予以檢視，我的朋友書平，終究你還是決定踩過這一條無形劃開你我之間，不可踰越的危險紅線，你竟然試圖突破而入，這是萬萬不容許的，絕對不能這樣。

原來，書平一直一直在打我的主意。你故意踩踏我最敏感的禁忌，我就必得立刻起而強烈防衛……書平，你，怎可以如此？屬於我、四爺和各方相繫的盤根錯節之複雜性，是個極爲巨大的食物鏈，如以海洋生態形容，頂端是鯨魚，依次爲鯊鮫、鮪魚群，再來就是水母之類……這樣的類比明白的說，就是國際強權的默許之下，政府與政府之間的明或暗的交易，甚至要取得第三國，也就是形成緊張關係的敵對政權的勉爲同意，始能祕密進行，佣金分配，從執政者、軍購體系到中介人，透過海外洗錢管道，確保當事人表面對該國的人民呈現一個清廉無貪的乾淨形象，包括作爲監督者如國會議員，各取所需，軍火買賣靠的是一個「錢」字，不客氣的說，只要這個政府有錢，甚至超級大國都願意派佣兵相助，這就是骯髒的政治！

戰爭。製造戰爭與消弭戰爭都需要武器之介入，沒有戰爭，所有的軍火商人及掮客都要餓肚子。那些數一數二，舉世稱雄的飛機製造公司，可以研製豪華廣體客機，賣給各國民間航空公司，同樣也能夠發展高速的軍用戰鬥機，配掛足以毀掉整座城市的致命導彈，就是最震懾的殺人機器。

我們，只是一群掮客，像房地產買賣中介人，只要有錢賺，不必考慮這個政府是民主或獨裁，是否利用購得的武器入侵他國或鎮壓手無寸鐵的人民；我們從不理會什麼諸如：人權、和平、永續等等的普世價值，只要有錢，同樣的武器分別販售給同一個國家的政府軍與叛軍，讓他們相互廝殺、對抗，這就是我們的生存之道。

在紐約，在巴黎、香港及東京，只要交易完成，我們維持永遠低調的謙卑姿態，誰又會明白，我們是那般雀躍的以數鈔機日以續夜的計算豐盈的大筆收入，轉帳、洗錢，從瑞士銀行到開曼群島。

猶如我們揮金如土，醇酒、美人（男人）的日夜狂歡之時，誰想到車城、巴勒斯坦、索馬利亞以及庫德族人正為了自由、饑荒、獨立而掙扎、抗爭？沒有人想到，就算明白也不必蓄意提及，反而愉悅、單純的盤算：如何以妻兒之名，現款購得倫敦海德堡公園旁的高級住宅，最好在瑞士日內瓦湖邊有棟度假別墅，以朋馳房車代步種種。

我僅是最卑微的小小水母，聽命於遠在香港的四爺差遣，他是鮪魚群其中的一條，往上推之的鯊與鯨應該就是跨國公司與軍火製造商了；四爺不會詳盡的告訴我，我認分的也不想深入了解，能夠安安靜靜的住在博斯普魯斯海峽邊的高級公寓，已經令我心滿意足。

而親愛的書平，我最初的少年好友，難道，你要殘忍的予以剝奪、毀壞我一向的安靜，我的存活方式，眞的要如此做嗎？你必須要鬆手，否則我們黑暗集團的強烈反挫，會讓你的雙手不由自主的勒緊自己的脖子，陷自己難以拔除之困境。

我不解的是，你大可以自己撥通我的電話，何以要透過阿巴斯轉告你的要求？可見你多少在與自己作戰，你不安、害怕並且缺乏信心；書平啊，我們在伊斯坦堡那冷慄的冬晨巧遇，我熱切的心卻被你回應以淡漠、不屑，猶如火遇見冰。

你的職責，我的隱祕，挖掘與埋藏，形成明顯的緊張與對立，是我不想見到的；那麼最妥切的方式，就是你必須立刻停止你即將要實行的步驟。若無其事的回到伊斯坦堡，我多麼渴盼看到你親和、略帶稚氣的燦爛笑容，仿似最青春年代，屬於我們十七歲時的停格。

回來吧，我的好朋友書平，安心、坦然的回到伊斯坦堡，進入我這臨海的美麗住所，我們在雪後的露臺愉悅的喝酒、話舊，交換這二十年來種種的心境轉換，因爲，你是我最初的戀人。

我們都必須是誠實的人，在這詭譎變幻，你虞我詐的亂世浮生，彼此相信一份眞心實意，哪怕如在無邊無涯之暗夜，彼此虔誠的點起一盞燭火，再幽微的小小光焰，總有一份溫熱與希望。

我這支離破碎，流放的孤獨靈魂，朽敗、腐臭的空白軀殼，再也不敢承受情愛的拯救；書平，你僅是我一生最美麗與蒼茫的久遠記憶，如同遠天之星，僅能仰望而再也無以觸摸，因爲歲月悠悠，你早已不再是最初的你，我也不再是那個懵懂，左營海軍眷村的少年何方，我們都被無情的年華逐老，我將你最青春、燦爛的一頁予以凝固，像水晶球包裹著千萬年前的冰河遺雪。

阿巴斯形容你的欲言又止，似乎急切想將話說明白，卻又試圖解釋，這不是你本人原先的意思，但是要獲得的用意是一樣的。書平，你的確不了解伊斯蘭的子民那種有話直說，那般的掩遮、迂迴、打太極拳的方式，可能也僅有中國人的民族性才做得出來。我不是嘲笑你，在我身上多少不也是如此嗎？我們都同樣浸泡在長年以降的中國文化最劣質、不堪的醬缸裡，猶如在指摘他人與自己相異的想法之時，我們不就是以自己最不同意，卻無形中早被同化的惡思想，自以爲是的表露嗎？

中國人與台灣人的共通點是：善於責人而少於罪己，並且吝於欣賞他人的異議與眞實，自我爲中心，除此之外皆爲旁枝。浪行海上的幾年，雖曾受辱，我欲平靜、冷眼的細心察視在船上的各種人性，從高高在上統御一切指令的船長到最低階的鍋爐工人，聯合國般所組合的小社會，相異的文化、不同的膚色，他們審視我，我觀察他們，尤其是在長達月餘的公海航程，望不見任何的岸邊，哪怕是蕞爾小島，那種沒有陸地的空蕩感所致的無比孤寂，尤其是夜深人靜，除了値勤的同僚外，艙房中此起彼落的酣聲如鼓，有如置身在熱帶雨林，闊葉掩蓋、蕨類漫生之間，遠方傳來土著的敲擊信號，有序但覺荒涼。

浪拍打船舷，初期的行船生涯，時而懷鄉，愁緒遙寄海那邊的台灣，我少年時代的左營，與書平你同學一年的大直，我們習慣在課後相約而去的士林民族戲院，教我們淚盈雙眸的《齊瓦哥醫生》電影，那時，我早就應該警覺到我們的性取向，你一再稱美女主角茱莉克里斯汀，那純淨如海的藍眼睛，我則深切迷戀男主角奧瑪雪瑞夫；我不曾發現你和尋常的男子其實是沒有兩樣，成年之後，循例的找個女人戀愛、結婚。在沉黑靜謐的民族戲院裡，只有電影中人的對話及悠然迷人的背景音樂。不錯，就是那一次，我藉著影片的光色，清楚的瞥見你，淚眼盈眶……我的心頓時抽緊，知悉你有著纖細易感的一面，錯認你應該就是那個眞正懂得我的人（片中，齊瓦哥敲破瓦利基諾那棟冰封雪凍的別墅二樓的窗玻璃，淚眼眺送愛人拉娜的遠去……），我也不自禁的濕濡了雙眸，不是因爲電影，而是你令我感動。

曾經令我深深感動，讓我情竇初開，卻被殘忍拒絕、驅逐的你，如今竟變得閃躲而不敢直言，書平，你究竟害怕什麼？因爲一向對我的鄙夷，有求於我之時，讓自信的你頓時喪失勇氣了嗎？或者，你是有心探測我能夠容忍、退讓的尺度？如果你自以爲是狐狸的話，很可能我就是一隻比你暴虐的蒼狼，你信不信？

軍火買賣，哪是你一個記者所能全盤明瞭？上游及下游，千迴百轉，檯面與檯下，光與影，明與暗……台灣的海軍總部武購室的上校尹清楓不就是最好的例子嗎？他連一條鮪魚的資格都談不上，你們台灣媒體直指法國拉法葉軍艦，內行的人都知道是被故意轉移了重點，尹上校是栽在獵雷而非拉法葉，他不敢拿錢，不合作，觸怒的是我們的行規；喝完清晨的甜豆漿，午後就浮屍在東台灣的蘇澳外海，怎麼死的？就是「不識時務」。

親愛的書平，想你此時在歷史古城烏法，一定無心瞻仰穆罕默德的足跡吧？你怕我拒絕，我告訴替你轉話的阿巴斯，我不答應。你很失望也很挫折是不是？那麼，你就勇敢的親自求我。

19

逐漸地，我有一種被割離的隱約沉痛。

自始至終，遠來土耳其並非出自由衷的志願，而是有些被強行指派的半脅迫性，原本就不是樂意，台北報社的忽然起意所附加的任務，說來更是令我為難。

好像給自己另外加上了個枷鎖。要小紀為我暗中探詢何方的資料，他透過國安系統，我的高中同學果不其然，是軍火集團之一員，偏偏又湊上熱鬧，竟是替政府祕密洽購二手潛艇的要角。總編輯心細如髮，搭順風車，對我可是打蛇隨棍上；於公，這是個所有記者都虎視眈眈，不會錯過的精采內幕；於私，我似乎成了個卑劣的窺祕者，竟然試圖促使給予我一路東行，全心協助的朋友，必須吐露他最不願訴說的黑暗部分，我拐彎抹角的不敢直接向何方請求，繞了大圈卻找阿巴斯傳話，是我的心虛吧？在伊斯坦堡與何方不期而遇，只因十七歲不堪的記憶令我對他的態度並不友善，如今卻讓我進退失據，這才是令我不知所措的困惑主因，我的確有著極深切的懊悔，如果我對他好一點的話。

如果，我不來土耳其，一切都沒事。

這沮喪、失志的三個多月，妻子堅決的求去，沉陷在人生最低落、錯亂的心境，存活的感覺是那般艱難，幾乎懷疑自我的生命走向是怎麼傾斜到一種難以收拾的混淆狀態，到此時我依然承受不了以芃要求離婚的事實；那般貞靜、溫柔的好女子，竟那樣的決絕。是不是太忽略她了，太自以爲是了？一個女子，結了婚把她像瓷娃娃般的擱置在家裡，像收藏到好不容易入手的稀世珍品，初時勤加擦拭，怕灰塵、潮濕瑕了她的潤澤光亮，而後習以爲常，就逐漸冷卻了最初的寶愛，任之自處自在，而後她終於忍不住的抱怨、抗議。

親愛的以芃，我只是……我只是……我絕對沒有那樣的意思。

我只是……我只是，在替自己找理由，我只是在閃躲什麼。

何以將困惑、失措的自己逼到谷底？我究竟在做什麼呀？非情願的遠來伊斯坦堡，巧遇何方，前塵往事潮湧纏捲，剪不斷，理還亂。昔日那個滿是理想性，追新聞猶勝追求以芃，可以一天二十四小時緊緊盯死噤口不語的政府官員、政治人物的林書平，現在是一條倦怠、疲累得像隻缺乏水分，吐著舌頭，哀哀告饒的狗……這就是我難以言宣的莫大悲傷，這般巨大而無助的空虛啊！

書平，你非得把何方的新聞帶回不可！

（阿巴斯說，何先生斷然拒絕！）

哪怕是最壞的情況，你總是要鼓起勇氣，親自徵詢何方吧？不論他願不願意，必須要從何方的口中獲知確切答案。

（阿巴斯說，何方斷然拒絕！）

書平，何方的新聞帶回來！

書平，新——聞。一，定，帶，回，來。

我，多麼，多麼想，立刻回台灣。

（如果，此時何方突然出現眼前……）

「書平，我不想回去。」何方黯然的說。

「十一點，還有末班車回大直，我，送你去巷口的17路站牌等公車。」我好意勸說。

「我眞的，很不想回家。」他沮喪的低首，窗外院子裡那棵高大的玉蘭花樹，蟬鳴又喧譁的響起，極刺耳，今晚還是懊熱。

脫卸去學校制服，他翻開背心，頸下到背部，幾道明顯的紫紅色浮腫的鞭痕：

「我老爸昨晚用藤條抽的。」

「你爸怎會這麼忍心？你犯了什麼？」

「說我沒用，要我明年去考海官，我說不要，他就揍我，像打狗一樣。」

「海軍官校好呀，虎父無犬子，你爸堂堂海軍中將，繼承父志，有何不可？」

「哈哈，書平啊，問題是我老爸是虎父，像老虎那麼凶；打我的時候，我就是犬子。」

「你娘呢？都不制止啊？」

「我娘啊？整天麻將搭都排不完呢。」

「何方，你一定很不聽話，桀驁不馴。」

「軍人家庭，我爸說一不二。我姊就聽話，高雄女中插班北一女，剛聯考才過，自信滿滿的說，一定是台大外文系，臭屁！」

「看來，我們這個私立高中，龍蛇雜處，你那將軍老爸一定瞧不上眼。」

「我老爸就不止一次，當著他的副官參謀畢叔叔的面，給我難看。什麼可憐喲，台北竟然有學校願意收容何方，也算祖上有德，那種爛高中，睡著都可以考進去。」

「欸，何方，你老爸是望子成龍嘛。」

「成個屁！我爸是顧全自己的面子，屁啦！」

「好啦，別屁來屁去的。說眞的，不想回家？」

「欸，拜託啦，書平，晚上讓我住你家。」

「可以，只要明天不要又被揍了……。」

「明晚放學看不到我老爸，謝天謝地，他明天一連三天，戰情室値班。」

「一二三自由日，哇，何方，你可爽了。」

就是那一夜在我家留宿，種下此後二十年，我與何方的扞格不入之主因；十七歲，那個汗涔涔，懊熱非常的夏夜，第一次，讓我這懵懂的少年，十分惡劣的隱約明白，原來男人也有相異的性取向，我卻是極力排斥的驅逐何方，此後，他再也沒有回來。

（總編輯說：新聞，一定帶回來……）

多麼，多麼想，立刻趕回台灣。

那才是眞正會讓我身心安頓之地。

這冬雪冷慄的土耳其，伊斯坦堡的何方，竟像鬼魂般的纏繞不去，噩夢般的來回巡梭，我原是單純不過的一次採訪之旅，竟致橫亙半生的，原已認爲早就忘卻的不悅祕事，仿如打開潘朵拉盒子，全都湧現而出，似乎天譴，不可告人卻又明晰。

我還是深盼，以芃能夠回心轉意，破碎的情緣能再予以重圓，能不能夠？漂泊在外，我是多麼渴求像以前一樣，有個美好、溫馨的家，就以芃和我兩人。

我必須要勇於面對現實。在積雪的窗前，靜下心來，給以芃寫一封長信，以著誠摯、卑微之心，尋求她的諒解以及明白再續前緣的熱切願望，我說：此時此刻，我是多麼的孤獨、無助，像迷路的孩子，沒有依歸，失去了所有的距離，只有以芃，親愛的妻，妳才能挽救……。

多少年，不曾這般用心凝神的給妻子寫信，婚前是三天一封，外加每星期送花；婚後數年，似乎偶爾會在生日時，偷閒吃個燭光晚餐，送個小禮物（那年去菲律賓採訪被留置前，還記得爲以芃買了她指定的貝殼燈罩），以後藉著工作忙碌爲由，漸而忽略也變得理所當然了。

「書平，帶我去東北角吃時鮮。」以芃說。

「忙呀，妳和朋友去吧。」我回答。

「書平，陪我去看電影嘛。」她央求著：「有多久了？我們沒去永康街走走？游藝鋪最近進了些布拉格的水晶玻璃，還有，東區有家建築師開的咖啡店，據說，他的蘇格蘭奶茶很迷人……。」

「妳自己去嘛，我太忙了。」我有些煩。

忙，太忙了，自己去，報社有事，出差……。

我的不經意及自以爲是，卻成了割離以芃與我之間的親密、恩愛的罪魁禍首，漸去漸遠，終致難以收拾。

林書平，你到底是在做什麼呀？你的殘忍就像一把尖銳的匕首。書寫至此，暫且歇筆，桌畔右側，和相機、筆記本放在一塊，那支在烏法古城廣場旁購得的伊斯蘭匕首，映照著窗外的雪光，鑲著土耳其藍石，鐫刻著可蘭經文的刀鞘，泛著金屬冷慄的微亮，我此時的深切悔憾，哪怕抽出匕首刀刃，用力的推入我的胸口，都無以償還以芃的。

我說：讓我們回到從前吧，以芃。

眞的可以回到從前嗎？我深深懷疑。

何方，不會了解到我此時的感慨，何方的生命永遠不會有情愛的女人；也許他對女人的經驗，僅止於母親與姊姊的親屬關係吧？現在的伊斯坦堡是否晴天，或是下雪？何方在做什麼事？也許什麼事都不做，就靜坐在他那臨海的大露臺，看著來回於博斯普魯斯海峽間的大小船舶，追憶著曾經是海員的日子；或者，在他「斷然拒絕」我的訪談之請後，多少會陷入一種掙扎的心亂裡？我的確是強人所難。

阿巴斯告訴我何方拒絕的信息時，我下意識的反問阿巴斯爲什麼？

阿巴斯凝重的回答我，以不甚流利的英語，似乎是引用伊斯蘭民族古老的隱喻，我當下無法弄懂，如今仔細回想，才推敲出他那語意深遠的警告：

沙漠裡的響尾蛇，會告訴你，它的巢穴嗎？蠍子會將它藉以防身的雙螯及有毒的尾鈎予以繳械嗎？

我終於恍然大悟。

何方，我是不能再要求你什麼了。其實，這段千里迢遙、冰封雪凍的採訪旅途的艱苦跋涉，你和阿巴斯已幫我太多了；我應該心懷感謝，回到伊斯坦堡，與你暢快的把酒言歡，而後，安心的回台灣去。

20

四爺震怒的聲音，幾乎讓我抓不住電話筒：

「何方！你向你的記者朋友到底說了些什麼呀？香港這邊出事了，你怎麼說？」

「四爺，我沒說，什麼都沒說。」我平靜的盼他息怒，一方面內心斟酌著隱然的焦慮，如果四爺出事，難保我不會受到波及。

「那個叫林書平的台灣記者，現在人在哪裡？好了，何方你沒說，爲什麼台灣的A報從頭版到三版沸沸揚揚？要不要四爺逐字逐句的唸給你聽？嗯？連四爺我的名字畢子浩都明明白白的成了標題？你可要好好向我解釋個清楚哦。」他怒不可抑。

台灣的A報？書平是在B報……我向四爺說，請等我一下，隨即在電話機旁的名片盒裡找出了書平的名片，沒錯，上面印著：B報政治組副主任頭銜，我微微鬆了口氣，立即回報：

「四爺，我找到林書平的名片，他不是A報，他是B報的政治組副主任，所以啊，由此可證實，我的確沒跟林書平透露什麼；只能說另一個報紙神通廣大了。」

「是這樣哦。」顯然，四爺的怒氣平息了些，接著卻又亢聲了起來：「何方啊，記者都不是好東西。搞不好，是你的朋友自己不敢，將消息轉給A報，這樣，他可以撇清責任。你，眞的沒說？」

「唉呀，四爺，我跟著你老人家這幾年，給您惹過什麼麻煩，出過什麼差錯嗎？沒有。記者，無孔不入，這是他們的職業本事，何況，林書平如今在離開伊斯坦堡有兩千多公里路的土耳其東部，庫德族反抗軍已讓他夠忙的，怎麼會注意咱們的買賣？」

電話那端沉默了片刻，四爺又說：

「台灣A報大篇幅報導，台灣透過國際軍火組織，祕密向義大利商談洽購二手潛艇事宜。好了，港府官員也找上我了，據說他們要詳查我銀行的財務往來。台灣A報捕風捉影，你不能說他們亂掰，竟然被報紙說中七、八成事實……消息管道怎麼來的？連我畢子浩三字都刊出來了，以前海軍的同僚現在都知道退役後，我在海外幹什麼勾當，這怎麼了得？」

「是不是就出自國安系統？也許就是國防部軍購單位啦，或是海軍？」我揣測。

「做買賣就是買賣，我是不怕。問題是連港報、八卦周刊都跟進，在香港這複雜之地，怕美國ＣＩＡ、中國方面都會注意；何方你不是不明白，台灣破壞了美、中、台三方的默契，這連鎖反應，怕會害了我們進行了好一段日子的經營，功虧一簣。」

「美方默許的，不是嗎？倒是中國，比較棘手，那，四爺，咱們怎麼辦？」

「照原訂計畫進行，快到嘴的鴨子怎能讓它飛了？」四爺停了下，叮嚀道：「何方，還是要提醒你，小心你那記者朋友，千萬不要相信，否則會引火上身。」

「知道了，四爺。」我敬謹回話。

「明早，我離開香港，去加拿大避過這幾天的風風雨雨。反正，我有四本外國護照，狡兔三窟，不會被輕易找著的，你小心。」

我，小心？眞的要小心。在四爺和我的黑暗集團，小心是首要準則，步步爲營，誰知道更幽深的暗處，有人會忽地刺來匕首，放一響槍子兒，到時，自己怎麼死的都不知道。

放下電話，內心交雜著兩種起伏的情緒，微感欣慰的是消息出自於另一個報紙，而非書平所屬的報紙刊登，多少保住了我也保住了書平；但，二手潛艇的買賣行徑被台、港媒體揭露，這終究不是好事，買方的意願自然因之更加艱難，賣方可能會縮手停止接觸，那我和四爺年來所做的努力不就予以歸零？想來還是困難。

那四艘要價共十億美元的中古潛艇，靜靜的棲泊在岩穴裡燈火通明的船塢，靜止著，像死去的四隻鯨豚。

小島上，燭光晚餐時刻，奏唱著〈聖塔露西亞〉樂曲的餐廳，好看、漂亮，唱詩班男孩似的侍者羅塞尼（竟拒絕我的邀約）。

書平啊，我拒絕你的採訪，無形分別解決了我們的困境；你可以了解老同學為了要維護你的苦心吧？由於這樣的一次訪談，很可能會讓我們原本存在的昔日美好情誼毀於一旦，連朋友都難以做了。我之所以這般的以你為念，都是因為書平，你是我最初的，戀人。

十七歲時的青春記憶啊。而今，你僅能成爲如同相簿裡逐漸泛黃的古老照片，我們一樣的老去，等同般的歲月滄桑。你永遠不會以愛戀的款款深情待我，我亦早已灰了對你期待的心，就是這樣。

我驀然想起我的俄國小男孩，和「齊瓦哥醫生」同名的：尤里。怎會如此的殷切思念呢？每晚，以兩張百元美鈔，就可以狎玩一個青春的少男肉體，何以不見尤里幾日，那種對情人般的眷念竟會群蟻附體般的攀爬不去？莫非，我逐漸對這在夜總會表演哥薩克舞的飛刀手滋生了感情？他，僅是用錢就可以獲取的情欲之玩物，何以如此？

那個大雪紛飛的深夜，我憤怒的、無情的驅趕他出去，看他在樓下的街口，喚不到任何願意停下的街車，艱辛的涉雪遠去……我開始哭泣，尤里不就是我少年時期的再版？父親趕我，逃出家門，連書平亦然。二十年，我殘忍的怒斥尤里，只因爲這小男孩不愼割破了我的手背，我連推帶踢的將他逐出門外，在夜雪中蒼涼的離去；尤里，一定很悲哀。

我的俄國小男孩，我憐愛的尤里，請你一定要原諒我，一定要原諒我。順手抓起厚絨大衣，我決定要去夜總會找尤里，幾天不見，他還在生氣嗎？他必然對我有所怨艾，我要好好的向尤里致歉，晚上請他再回我的樓閣，親密的憐愛我這可人的小男孩。

電梯下到底層車庫，我的金龜車靜靜的停駐在幽暗的角隅，僕役每日都將之清洗得光可鑑人。親愛的尤里，你千萬不要拒絕我，我此時決定去看你，等候你表演完畢，我用漂亮的金龜車載你去那家，當船員時，被惡意拒絕的貴族俱樂部，喝紅酒，聽樂團演唱，看博斯普魯斯海峽，最亮麗的夜景。我的心此時如漲滿和風的船帆，奔向我的小男孩，我的年輕戀人。

夜未央，伊斯坦堡燈火乍現，南方的馬爾馬拉海近晚的天空殘留著最後一抹橙紅色餘暉之燦爛，清眞寺高聳的拜塔，剪影般的壯麗如劍，伸向雲端；下班時刻未竟，電車緩緩的駛來，擠滿了人群，停駐月台之時，又一大波人硬塞了進去，私家車與公車又塞滿了舊城區古老的石板路，加上後頭的車輛此起彼落的按喇叭，弄得心浮氣躁，天色一下子就墨黑了，走走停停，我的金龜車好不容易，上了歐亞大橋，卻被塞在歐洲與亞洲交界的標示黃線上，斗大的英文與伊斯蘭文字指向東西，一邊是亞洲，一邊是歐洲。

我感到啼笑皆非，很想告訴千里之外的書平（千里外，想見他飽受冷慄風雪），我一定自嘲的對我老同學笑說：

「喂，書平啊，我正在塞車，車頭卡在亞洲，車尾還在歐洲，怎麼樣，偉不偉大？」

車龍壅塞了久久，逐漸地煩躁了起來。尤里的夜總會在亞洲這端，下了跨海大橋，不塞車的話，二十分鐘即可抵達。問題是在這德國人於一九七三年十月土耳其共和國五十周年慶完工通車的橋上，整整塞了半個小時的焦灼，導致我氣極敗壞，不慎，竟追撞前頭一部載滿羊肉屠體的小貨卡，那一臉落腮鬍，肥壯如牛的司機猛推門下車，殺氣騰騰，擂著我的前窗玻璃，我忙稱歉，並且卑躬曲膝的賠了現金，這頭土耳其牛才止住怒意，回到他的貨卡之前，吐了口痰，咒罵著一句：「中國豬！」

不以爲意，我只盼望儘早能夠趕到夜總會，還特別彎到城中一家昂貴的禮品店，買了一盤心形法國巧克力，要送我心疼憐愛的俄國小男孩。

夜愈來愈黑，方才的小車禍並未影響到內心急切的喜悅盼望，抵達尤里所在的夜總會時，距我離家的時間，大約一個半小時。停好車，我匆匆的推開夜總會那兩扇沉甸的紅絨布大門，一眼就看見舞台上，正在拋擲飛刀的尤里，我慢慢和緩下情緒，必須耐心等候；終於可以卸下急促的匆忙，向侍者要了杯酒，在燭光搖曳裡，平靜的看著舞台上神采飛揚的尤里，他知道，這段不見的時日，我是更加的思念嗎？

四顧周圍的客群，顯然不同的兩個旅行團體，彷彿制服般的一律深藍色西裝、打領帶，少有笑容，偶爾捲著舌音的北京話低語，明白的是來自中國。默契般被日本團體隔開，笑語燦爛，各色休閒服飾，昔日我所極為熟稔的閩南話，正是從台灣來……而我何方呢？什麼似乎都不是，像個孤冷的老靈魂。

尤里從舞台左側走下來，交代過侍者我在等他；尤里卻沒有朝我的座位挪近，意氣的向大門行去，我起身追了過去，輕喚他的名字，小跑步超前，擋在前面。

「溫斯汀先生，我不想見你！」尤里說。

21

阿巴斯在凱色瑞還了租賃的車子，我們決定搭晚班的航機回伊斯坦堡。候機時間要三個小時，多日陰鬱的心情此刻豁然開朗，主要是我接通了台北報社的電話，整個編輯室人仰馬翻了。小紀悄聲的，帶點促狹的緊貼著話筒：

「欸，書平啊，你這下脫困了。」

我疑惑的反問小紀：「爲什麼？」

「咱們慢了一步了。人家A報直接要香港駐地記者挖到了二手潛艇的深入報導了，總編輯臉臭了一整天……。」小紀停頓了下，聽到喝水的響聲，又接著：

「我們還好，有你傳眞回來的庫德族反抗軍領袖的專訪獨家，各別苗頭，不然啊，咱們B報會灰頭土臉喲。」

「反抗軍見報啦？」我愉悅了起來。

「剛好和A報的二手潛艇同一天。總編輯還阿Q的高舉著報紙，對著所有同仁稱讚你說，還好，我們的林副主任以最迅速的效率，傳回國內，這獨家足可上國際二版要聞，二手潛艇只是兩岸之間的鬥智、比錢，多少殺了A報的威風。」

「我們那個寶貝老總，有夠阿Q。」我笑著，事實上，我非常了解這位當年與我一起考進報社的老同事，精明如他，怎會放過我呢？我可以想像只要我回到了台灣，他一定又是裝著苦瓜臉，求我一定要再追有關二手潛艇的後續消息，他的名言是：就讓我們抽絲剝繭吧。我可不會讓這自認爲精明的傢伙得逞，現在就說清楚。

「小紀，麻煩你轉老總；現在。」我說。

「馬上——」在小紀按分機轉接之前，不忘了問說：「你，什麼時候回來？」

「後天吧，回到台灣還要二十多個小時。」

「帶個肚皮舞孃回來吧？」小紀調笑的說：「好了，總編輯在等你說話。」

「喂——」拿起話筒的輕微碰撞聲：

「我是總編輯，是書平吧？喂——？」

「喂什麼喂？喂在眠床下（台語）啦！我是林書平，怎樣？那篇四千字專訪還滿意吧？」故意酸他一下，看他下頭怎麼說？

「還不錯啦。」老總慢條斯理的說，果不其然接下去，就是沮喪的音調：

「可是——你還是欠我一篇東西。」

「欠你什麼？」我賴皮的哼哼哈哈，好啊，大家就來打迷糊仗，萬里之外的我，在凱色瑞機場內的國際電話機旁，閒適的點起菸來：「你說，我欠你什麼？一瓶土耳其紅酒？一條菸？放心，我會帶一本可蘭經給你。」

「欸——不要跟我打哈哈！」台灣的聲音高亢了起來：

「何方的訪談呢？二手潛艇，他是主要中介人哦，你的高中同學吶，還是要做的。」

「A報不是搶先一步了嗎？咱們B報再做可不是炒冷飯嘛？跟著A報尾巴，笑死人。」

「嗯……」被我緊抓住胯下了吧？我在這端賊賊的笑起來（這菸眞香哪！），他在那邊嗯了幾秒鐘，不鬆手的追逼而來：

「追蹤、更深入的報導。對了，你聯繫到你的高中同學沒？他怎麼回應的？」

「何方斷然拒絕，還斥罵了我一頓呢。」後面一句是我加上去的，語氣故作委屈狀。

「眞的是這樣呀？你和他不是交情不錯的嗎？想一想辦法再說服他，好不好？」

「我可不敢保證，何況A報都爆料了可不是嗎？交情歸交情，這種軍火買賣的暗底事見不得光，何方怎可能講？」

「那麼，問一問四爺的事，何方應該知道的，畢子浩，前海軍參謀。」

「我最敬愛的總編輯，這二手潛艇的後續，我建議是找咱們的軍事記者，問國安系統嘛，好讓你來個抽絲剝繭。」

「的確必須要抽絲剝繭。」那頭的語氣平緩中帶著些許無奈，隨後輕快了起來：「書平啊，快回來，我給你設宴洗塵哦。」

掛上電話，誠如小紀所言，我終於「脫困」，總算無事一身輕了。這樣，同時解決了何方與我原先陷落的某種緊張關係，現在，最渴望的，是能夠享受一杯熱咖啡。

也許，一個多小時以後，在伊斯坦堡迷離瑰麗的暈黃燈影中，與別後多天的何方，坐在他臨海的露臺上，啜飲著香濃芳醇的熱咖啡，絕口不再提及他不願示人的神祕行業，只是藉著彼此的追憶，逐漸連貫起二十年來世事的種種變遷；我要讓他明白，我再也不會以異端的觀點論定。人，本來就生而自由。

阿巴斯貼心的適時在售賣部買了兩杯熱蘋果茶。如同我全然結束了此次緊繃、極爲高難度的採訪工作，他忠誠的伴著我橫貫了土耳其，由西到東；他大可以像是一般拿錢辦事的尋常導遊，但阿巴斯卻猶勝初識的朋友，主動替我排除困難，甚至於爲我擔負、掩飾，在前往遊人無法前去，窮山惡水，政府軍與游擊隊生死搏命之地，崗哨盤查，鐵絲網伸延禁阻之所，阿巴斯帶我穿越一次又一次的不可能。而他的民族，仍然在列強百年不歇的暴虐與凌辱裡掙扎、浮沉……。妻子被伊拉克軍人輪姦至死，殘存下來的丈夫，兩個女兒死於非命的父親；我絕不相信，阿巴斯沒有長久深沉的哀痛，庫德族人在歷史裡流亡，阿巴斯如是啊！旅途中，逐漸習慣於一日五次的禱告，朝著怪石嶙峋的卡帕多西亞，向著終年積雪的阿拉拉山，他喃喃唸著：

阿拉……烏拉克巴！

阿拉……烏拉克巴！

眞主至大。我懷疑他的眞主穆罕默德是否聽見阿巴斯那般虔誠如一的禱告，不止是苦難的庫德族人，還有巴勒斯坦，更遙遠東方的阿富汗……慢慢地，許是入鄉隨俗，許是與阿巴斯共處多日，甚至抵足同眠，我也熟記著此一禱詞了；伊斯蘭世界，比之於地球那端的南美洲大陸，對於深受西方思潮浸淫乃至於逐漸被同化的我，是那樣疏離且陌生。

疏離且陌生，不也是我與何方對彼此的認知差距嗎？只有回到伊斯坦堡，我們切割了二十年的時光才會銜接起來。此刻的內心有著某種不忍，想見到何方的熱切心情，潮湧而至，一波接著一波。

「林先生，班機誤點了。廣播說，由於伊斯坦堡大雪，所有航次都延遲了。」

阿巴斯緊盯著牆上的電子鐘，凝重的神色彷彿透溢著某種不祥。

「如果班機停飛，怎麼辦？」我亦憂心。

「是啊，車子還給租車公司了，否則原車開回伊斯坦堡，從來到機場到候機時間來計算的話，我們現在早已趕三分之一路程了……真的，萬一停飛，只好在凱色瑞住宿。」

阿巴斯有些焦慮的站起身來，手按我肩：

「我再去櫃檯詢問一下。」一副要我安心般的擺一擺手說道：

「應該是慢了。最好今晚可以回去，何先生交代，明天要帶你市區觀光；林先生你還沒有好好的看清楚伊斯坦堡呢。」

我一仰而盡，那杯似乎一下子就冷去的蘋果茶；只見阿巴斯比手畫腳的和航空公司的人急躁的交談，似乎爭執了起來，候機的乘客亦圍攏過去，一片鬧烘烘的。

阿巴斯帶回的結論很令人沮喪，果不其然如最壞的預料：班機全面停飛，伊斯坦堡機場大雪堆積了跑道。

「看來，是必須要在此過夜了。」阿巴斯垂頭喪氣，無奈的攤一攤手：

「何先生在伊斯坦堡等候的呢。」

2-437-881-6502突然異常清晰的浮現腦中，莫名強烈的，熱切的意念驅使我起身挪近公用電話，我必須立刻撥給何方。

「喂——」我開口招呼：「是何方嗎？」

「我是。書平啊，回不來了是不是？」何方的聲音遙如在天邊，收訊不是很好：「剛看電視新聞，土耳其西北邊大雪，幾乎所有機場都關閉了。你，好嗎？」

「感謝你啊，何方，也謝謝阿巴斯，協助我順利的完成任務……」我喊著。

「朋友嘛。」遙遠的聲音帶著笑意：「明早回來，我們一塊吃午餐，就在博斯普魯斯海峽畔的舊皇宮露天餐廳。」

溫慰的暖意頓生，我不禁有著難以按捺的感動，彷彿，十七歲時那種推心置腹的哥們般的親近又慢慢回到我們之間了……。

「何方——」我呼喊著：「何方，有聽見嗎？」

「有，有，書平你說，我在聽。」他回答。

「何方。」我喘了口氣，鼓起勇氣說：

「我要向你鄭重道歉……那年，夏天夜晚，我不該對你那種不好的態度。」

「沒關係啦，我們是最好的高中同學，永遠的朋友，了解了就好，等你回到伊斯坦堡，我們再好好的聊，好嗎？」

「還有……託阿巴斯拜託你接受採訪的事，讓你爲難，我也深表歉意。」

「哈哈，我不是拒絕了嗎？那種事最好你別知道，老朋友，我是在保護你哦。」

「還是要說，對不起你，對不起……」

「書平，我有很多話想跟你說，那就明天見了。」

雪，愈來愈大，感覺伊斯坦堡就更遠了……。

22

「尤里波耶托斯金。」我溫柔的喚著他的全名，語帶傷感的哀求：

「請不要再逃避我，好嗎？我親愛的尤里。」

我的俄國小男孩寒著那如同雕刻出來的俊臉，冷慄如渡輪尾舷外迷離的夜霧。從黃金灣緩緩駛向穆罕默德大橋左側的茹梅麗古堡的夜遊航程，尤里自始不發一語。

午後，書平從凱色瑞機場的來電，確定明早才能回來。千里之外的通訊時而清晰，時而模糊，意外的小心翼翼，變得謙虛、溫和，語音可聽出書平的某種歉疚；斷斷續續的傾心表白，意在化解我和他之間深埋於心卻互為謬誤的情結；其實已經足夠了，如此的教我去除了多年沉鬱，從未曾這般的愉悅、開闊的美好心情，相對地，傷了尤里的心，我必須予以彌補。

終於，我在夜總會晚間節目終場後，耐心的苦苦等候，哀求，帶了冷淡、不語的尤里坐上了我的金龜車，突然有一份深情難忘的熱愛。我相信雖然彼此之間是建立在金錢與肉體的單純交易上，我開始察覺，失去這俄國男孩，將是我再也難以負荷之事，我愛上尤里了……。

「你究竟想怎麼樣嘛？溫斯汀先生。」小男孩終於開口了，幽幽的回首看我。

「我愛你啊，尤里……。」我情切的說。

「我？」他尖叫了起來，灰藍、漂亮的雙眸睜得好大，不可置信的疑惑：

「別說笑了，溫斯汀先生，我僅是你的玩物，一次拿你兩百塊美元。」

「不許你這麼說！你是我的無價之寶。」

「你的無價之寶？哈哈。」他忍抑不住，自嘲的放聲大笑，金髮在風中晃動；那般的放任，不受制約：

「愛我？卻侮辱我？我有自尊哪，你明白嗎？尊貴的大爺，溫斯汀先生。」

「請原諒，那晚我無心的冒犯，我親愛的俄國小男孩，我的尤里，請別拒絕我。」

「我不是你的小男孩，我是我自己！」

船燈暈亮的微晃之間，我看見尤里的年輕臉顏隱約泛著一種怨恨的冰冷；我眞的在無意中傷他如此之深？一時感覺索然卻備感異樣，似乎他下一刻就準備反撲，彷彿暗夜裡逐漸憤怒起來的豹子。

暫時中斷的對話，竟使得我與尤里之間存在著某種侷促的不安和揣測；是我在求他呢，這個原先我只要用錢就可以要他全然順從的小男孩，多少是具有他自己的某些堅持、抗拒了。

夜霧謎樣的輕籠而至，這艘渡輪，我們所站立的後甲板沒有別人，尾舷上的紅底白月星圖案的土耳其國旗在強勁起來的晚風裡獵獵地飄扯，朦朧挪近的巨大船影，沉厚如鼓的笛聲……彷彿依稀，我仍在行船的生涯，那些孤寂、屈辱，不堪回首的記憶忽而襲上心頭。我深吸了一大口飽含羶腥味的夜氣，燃起菸來，藉以撫平此刻內心翻動如潮的微微躁動，極清楚的辨認出窗裡透著暈亮燈華的家屋，二十坪大淚滴般弧度，鑲著古代伊斯蘭藍寶石顏彩拼花瓷磚的大露臺，我和尤里曾在那裏歡愛；這樣讓我尋得了接話的理由。

「親愛的尤里，你看那裡。」我伸手指著住所的方向：「看到沒？」

他隨著我的指向，或許感染到我激越起來，呈現輕快而溫暖的語調，尤里身子自然靠近過來，有些疑惑的反問：

「看到什麼？」

「尤里，那是……我們的家。」相信我現在的用心是十分誠摯，聲音如此溫柔。

尤里以眼神定位，久久後卻淡然的說：

「溫斯汀先生，那是你家，不是我的。」

「從今晚以後。」我急切的鼓舞著他，右手輕輕的摟著尤里壯美的肩頭：

「今晚以後，你可以搬來同住，那美麗、寧謐、舒適的閣樓，就是我們的家。」

「不！不！」他竟然扭身，用力的掙脫了我，灰藍色的雙眸彷彿噴出怒火，他咆哮著：

「如果是家，就不會被驅逐出來。不是？」

「唉——」我嘆口氣勸慰著：

「親愛的尤里，我就是要向你致歉的。」

「不要叫我親愛的，這很噁心！」他尖叫：

「我是尤里波耶托斯金！」

「好吧，尤里波耶托斯金，我要爲那晚的失態向你致最深的歉意。」我輕聲哀求。

尤里索性背對著我，不發一語，起伏的雙肩可以知悉他內心湧漫著緊壓的情緒。

「我向你致歉，對不起啊，尤里……。」

「我不會再跟你回家的，溫斯汀先生。」依然是以背回話，只見那一頭漂亮的金髮浪般的飄飛，夜暗中我看不到他的臉。

「尤里，你還這般年輕……我們一起生活，你可以在伊斯坦堡上大學，所有的費用、開銷我都可以供應；你不必再去夜總會表演，像個成長中的孩子，你說，好不好？」

「像籠子裡的鳥嗎？溫斯汀先生的玩物？」

「尤里，你不可以那樣形容自己。」

「一個晚上，兩百塊美元買我肉體，不是嗎？」

「尤里，不許把自己說得那麼低賤。」

「溫斯汀先生，是我作賤自己……。」他似乎哭起來了，我可憐的孩子。

渡輪緩緩的穿過歐亞大橋，彩虹般巨大的橫弧高高的懸掛在我們同時仰望的頭額之間，暗影幾乎將我們隱藏在濛霧的夜色裡，我從背後緊抱著尤里。

「我愛你啊，尤里。」我深情的傾吐。

「可是，我無法愛你，溫斯汀先生。」他還是沒有轉過頭來，我的臉頰溫柔的撫挲著他腦後濃密、散放香氣的金髮。

「聽著，尤里。你和我可以好好生活。」我緊擁著這年輕孩子，如在甜夢中：「溫斯汀會給你幸福，給你很多錢，以及在這現實社會裡的尊貴，答應我。」

「給我錢？你用錢作爲衡量這人生的唯一標準嗎？像你給我兩百塊美元，狎玩我的肉體，卻以驅逐那樣侮辱著我？」

啊，啊——我心中一陣深邃的刺痛，我不是那樣啊，親愛的尤里，我不是。聽著他的話，我覺得似乎就要在下一刻失去他了；忍不住地，將他的身子用力反轉過來，兩個人形成相擁的姿態，仿如情伴。

尤里果然哭泣著，眸裡滿是晶瑩淚光，這樣更令我深感不忍；我倆的臉顏如此之貼近，可以感覺到彼此的急促喘息以及悸動著的心跳，我克制不住的用力吻他，尤里緊抿著冰冷的雙唇，抗拒的開始劇烈掙扎，他痛苦的猛叫著：

「不要！我不要！」竟然奮力推開了我。

「你很髒，你好變態！」他斥責著我：

「我是男性，典型的俄羅斯人……我怎麼可能會愛上同類的男性，不可能的！」

這句話，如此殘忍的重擊我原是炙熱的心，二十年前，書平不就也如是的說過？一時之間，天昏地暗，我幾乎滯怔於當下。尤里笑著，眼神裡泛著輕蔑、不屑，剛才他說了什麼？我很髒？我很變態？尤里是那樣說的，咬牙切齒，充滿怨毒的恨意。

「那麼……當初，你爲什麼答應跟我回家？你不能與男人相愛……啊？」

「別開玩笑了，溫斯汀先生。」尤里笑著，笑得那麼純潔又那麼邪惡，嘲謔、促狹的以那雙曾經令我沉溺其間，漂亮的灰藍深眸。他取出了腰間一把刀子，在手中互換的玩弄；我認得出，不就是那夜割傷我的，送給尤里的寶石匕首嗎？

「誰給我兩百塊美元，我就跟誰上床。像你這樣變態的男人很少，倒是我接了不少的西方女人；那些來伊斯坦堡尋找刺激的徐娘半老，交易嘛，就是生意……所以，我怎麼可能答應和你生活？」

我被深深激怒了。這個貌似純真的俄國男孩竟然陰沉如蛇？我感到頭在暈眩，整個世界倒轉，尤里在騙我，在恥笑我，我無法控制自己，一個巴掌就摑了過去……。

兩個人隨即嘶吼著拉扯，尤里憤怒的以俄語咒罵，我再用力的握拳猛擊，他驚恐的撫住被我毆打，泛出血絲的唇角，不可置信的瞅我；我未能注意到他的另一隻手還緊抓著那把閃熠生寒的匕首……忽地，胸口感覺到尖銳的刺痛，是他輕吼一聲，猛撲了上來，像夜暗裡的豹子。鮮紅、溫熱的血湧泉般的噴了我和尤里一身。誰的血？是我，還是他？分開了兩個身子，尤里全身顫抖，如寒風中的枯葉。

我的胸口，結結實實沒入了匕首，我送給尤里，我親愛的俄國小男孩，鑲著蛋白石，雕著可蘭經文的匕首，現在，他原物歸還了，只餘刀柄，刀刃在我心中。

夜好深了，暈眩又清醒。博斯普魯斯海峽潮水的湧聲，氣味從來就不曾像此時此刻這般的心領神會；我想回家，好想好想這渡輪快些泊岸，回到我的後宮，我的城堡。偶回首，住所的燈光還暈亮可見，我的軀體傾斜，失去所有力氣……碰撞在後舷的矮欄杆，然後滑落。

果凍般柔軟的水，玻璃橫切面般的冷藍，沉陷入漸層般的黑暗，我想回家，明天書平會返回伊斯坦堡，我要等他。

最後一瞥，是尤里在渡輪上瘋了般尖叫。

23

所有時光，似乎停滯。

停屍間角落，覆蓋白布的無名異鄉人。直到阿巴斯向警方證實了確切身分，他們才允許我們進入探看已呈冰冷的遺體。

「這是謀殺。」陪同我們的警官凝重的說。鷹隼般銳利的眼神，不信任的審視我們：

「請教兩位，和死者什麼關係？」

「朋友。」阿巴斯冷靜的回答：

「長官，我們從凱色瑞搭乘上午十時的班機回來，約好中午一起聚餐的。」

「能否，看你們兩位的機票？」警官問起，阿巴斯立即從背包裡取出機票存根印證。

警察檢查確定，交還了回來，語氣顯得和緩許多，但還是帶著些許警告意味：

「晨間時分，從黑海返航的漁船發現他，屍體漂浮著，雙腿骨折肉碎，應該是死去後，在潮水間被駛過的船隻尾舵的螺旋槳葉打到；致命的是死者胸口的刀傷，直刺心臟，法醫報告是加害人相當嫻熟於刀器運用，我們懷疑是職業殺手幹的；溫斯汀先生從事什麼行業？」

「貿易商人。」阿巴斯答話。

「那，先生你呢？」警官轉而用英語問我。

「從台灣來的記者。」我遞上護照。

「記者？」警官嗓門狐疑的提高聲量：

「記者和貿易商人？咦？你們……」

「我們是高中同學，警官先生。」我回說。

問清楚後，回到原先的靜默與停滯。警官解意的說，給我們十分鐘時間和死者相處，逕自推門離去，足音漸遠。

何方，沉睡般的躺在鋁質的擔架推車上，警官拉開的白布掀到何方下凹的腹間，白皙泛青的胸口凝紫，凶器已拔除，留下一個像嬰兒般吮吸狀的裂口；雙手十指糾結，死前似乎經過一番掙扎。

時光凝滯，生命無聲。

所有的爭論、誤解、糾葛與不能訴說的祕密，終將歸於無形了。

痛楚與無告，孤獨和未完成的意念，皆都煙消雲散了。我的朋友何方，你還有話要說嗎？也許，魂魄入我夢來，或者這正意味著我們從此兩相遺忘……。

我不想帶著屬於你的記憶返回你少年時期的台灣，那是你漂泊生命裡，深切惦念或極力想忘卻的故土嗎？這是我返回伊斯坦堡的此刻，最想問你的一句話。

何方，我的朋友，你不屬於台灣，一如我不屬於土耳其；我們原本就不該在此巧遇，就像不該在十七歲之時，有那樣的性向差異所致的紛擾、糾結……。

誰殺了何方？已不再重要；也許因此，我的朋友獲得靈魂最終的平靜、安息。

我只遺憾的是未能與他長夜傾談，交心的在我們中斷了二十年的友誼裡，彼此能夠得以和解；像曾經有過的青春、燦爛的笑靨與回憶，這一切的盼望都晚了一步。

我將白布拉回，覆蓋在何方的頭上，和阿巴斯走出停屍間；幽暗、狹長的醫院通道，出口處，乍亮的午後陽光，推開大門，冷慄的風襲至，眼前只見海峽的一角。

「林先生，你什麼時候的班機？」阿巴斯問起，黃顏色的古老電車喧譁的駛近，一下子又逐漸遠離。他略爲感傷的沉鬱：

「我送你去國際機場。」

「謝謝你啊，阿巴斯。」我有些哽咽。

我們沿著海峽水岸默默無語向前走去，漫不經心的望向波濤間，陽光灑落，閃熠耀金，彷彿何方正與之同行；像是重逢的那天早晨，他從對街向我走來，驚訝的辨認出彼此，那樣陌生，又那般的熟稔。

永別了，我的朋友。

再見了，伊斯坦堡。

完稿：二〇〇三年十一月十一日夜晚

發表：二〇〇五年一月十七日～二月三日，《中央日報》副刊（摘刊）

二〇〇四年十二月十五日～二〇〇五年三月十四日，美國《世界日報》小說版

〈後記〉伊斯坦堡

林文義

但願有生之年，還能重遊惦念不忘的伊斯坦堡。這千年伊斯蘭古都，昔名君士坦丁堡的城市，終究成爲我第三部長篇小說的背景；一九九四、二〇〇二年冬季同時造訪，多少是作爲此部小說之預備。

可是相隔八年之遙，生命經歷了各種變化，某些現實中的事物竟折損去原先的美好期盼；似乎最後僅存小說書寫，伴隨我蒼茫且美麗的孤獨，孤獨並非荒蕪之心，孤獨反而讓文學更有力量。暗夜到拂曉，書寫彷彿是我眷愛不渝的戀人。

小說：〈流旅〉以土耳其伊斯坦堡爲背景，仿如前一部長篇：〈藍眼睛〉從義大利西耶納開始，我以旅行印證小說人物的心境、氛圍。我不相信未曾抵達之地，能以揣測或旅行圖文所輕率描寫，小說人物虛構，背景卻作者必須親訪。〈流旅〉不諱言是試圖了解異性戀與同性戀的某種意念之對抗，更是試圖求取某種相惜與和解。我一向對各種主義秉持必要尊重，哪怕無法苟同；這正是文學的意義在於愛和包容。小說呈現的是兩種心境，一是流放，一是旅行。流放意味遠離，旅行再久，卻必得回家。書名雖顯冷僻，卻意味深長地與讀者靈犀在心。

小說中兩個主角，各自臆想對方內在，在冰封雪凍的伊斯坦堡相會，往後十五天的相異旅程，各懷心事卻又心領神會。書寫中關於船員、軍火商此陌生行業，要感謝相關熟諳的朋友予以告之；媒體記者角色，則因作者涉身新聞工作十多年，自是如魚得水。純然就是一部小說，讀者自無需費神予以揣測。

我只是難忘相隔八年的伊斯坦堡，那美麗、魅惑，古代拜占庭的風情成爲詩歌般的小說背景，多少亦是私心的永恆記憶。若以「同志文學」視之是我毋寧想獲得一種回應，以異性戀的心來映照同性戀者的尋求共同的生命情境。相信面對現實中的生命，如情愛、這千古不滅的糾纏，我們學習承擔或遺忘，人世悲歡原本就不被預期。

所有深邃、眞情的心，可不是時而自我流放嗎？但也相信，最後眷愛以及幸福將是在最近的地方。

二〇〇五年三月十三日　台北大直

林文義創作年表

一九五三年　生於台灣台北市大龍峒。

一九七〇年　首篇散文〈墓地〉發表於《民族晚報》。

一九七四年　第一本散文集《歌是仲夏的翅膀》由光啓出版社印行。

一九八〇年　以〈千手觀音〉一文獲第二屆時報文學獎散文優選。漫畫《西遊記》逐期在《幼獅少年》連載。

一九八一年　四月由蓬萊出版社印行《千手觀音》一書。

一九八二年　四月由蓬萊出版社印行《多雨的海岸》一書。收入一九七二～一九七七年自選散文。

一九八三年　一月由蘭亭書店出版《不是望鄉》。二月由幼獅少年出版《漫畫西遊記》。五月由四季出版公司印行《走過豐饒的田野》。

一九八四年　一月由號角出版社印行《大地之子》。重新修訂《千手觀音》五月由九歌出版社重排印行。九月再修訂《多雨的海岸》，由學英文化重排印行。

一九八五年　二月，漫畫《哪吒鬧東海》由台灣省政府教育廳印行。六月由九歌出版社印行《寂靜的航道》。八月，漫畫《三國演義》由宇宙光出版社印行。九月由林白出版社印行旅行散文集《塵緣》，自繪插畫二十五幅。

一九八六年　三月，重新修訂《走過豐饒的田野》，更名爲《颱風眼》，由希代書版公司印行。《三國演義》漫畫集獲國立編譯館優良連環圖畫獎第二名。七月，應北美台灣文學研究會邀請，與作家林雙不訪美四十五天。

一九八七年　一月，由九歌出版社印行《撫琴人》。六月，由林白出版社印行《島嶼之夢》。六月中旬赴美國加州史丹福大學做短期史料研究。十月，由駿馬出版社印行《中國功夫》漫畫集。

一九八八年　一月，由駿馬出版社印行《唐山渡海》，是第一本漫畫台灣簡史。二月，春暉出版社印行《銀色鐵蒺藜》。三月入自立報系政經研究室，任研究員、資深記者。五月，九歌出版社印行《無言歌》。七月，春暉出版社重排《大地之子》，更名《從淡水河出發》印行。八月，駿馬出版社印行《夜貓子》漫畫集。

一九八九年　四月，由漢藝色研文化印行《三十五歲的情書》。七月，自立報系印行《家園・福爾摩沙》。

一九九〇年　二月，自立報系印行短篇小說集《鮭魚的故鄉》，是作者第一本小說創作。三月，由合森文化印行《穿過寂靜的邊緣》。十月赴美國洛杉磯，專訪台獨聯盟主席郭倍宏。下旬接任《自立晚報》本土副刊主編。

一九九一年　二月，台原出版社印行散文台灣簡史《關於一座島嶼》。四月，《不是望鄉》重新排印，由業強出版社印行，更名《蝴蝶紋身》。九月，前衛出版社印行《菅芒離土——郭倍宏傳奇》。

一九九二年　五月，由皇冠出版社印行一九七一～一九七六手記集《漂鳥備忘錄》。七

一九九三年　月，《唐山渡海》漫畫交由台原出版社重印，名爲《篳路藍褸建家園》。

一九九四年　五月，參與黃明川導演的《寶島大夢》電影演出。

一九九五年　一月，台原出版社印行《母親的河——淡水河記事》，同年，此書獲台灣筆會「本土十大好書」獎。十月底，自立報系賣掉，傷心離開。

一九九六年　四月，應施明德先生力邀，任國會辦公室主任。六月，九歌出版社印行《港，是情人的追憶》。十二月下旬前往美國紐約，初識小說家郭松棻、李渝夫婦。

一九九七年　四月，《銀色鐵蒺藜》重新排印，由草根出版社印行。十二月，由聯合文學印行《旅行的雲》。

一九九八年　民視開播，主持「福爾摩沙」文化性電視節目。十二月，由探索文化出版詩集及CD《玫瑰十四行》。

一九九九年　十月，應白冰冰女士之邀，主持八大電視《台灣風情》。十二月，辭去施明德國會辦公室主任職務。專業寫作。

七月，人文性電視節目《台灣風情》告一段落，全心創作長篇小說《北風之南》，十一月下旬完稿，有十萬字。

二〇〇〇年　三月，聯合文學印行《手記描寫一種情色》。埋首十個短篇小說創作。五月，應楊盛先生之邀主持旅行、歷史電視節目《台灣之旅》，霹靂電視台播映。七月，九歌出版社印行一九八〇～一九九〇年散文精選集《蕭索與華麗》。七月三十一日，《北風之南》小說開始在《自由時報》副刊連載，至十一月二十八日刊完。

二〇〇一年　五月，聯合文學印行短篇小說集《革命家的夜間生活》。七月，應東森聯播網（ETFM）之邀，主持廣播節目《新聞隨身聽》。九月，《從淡水河出發》由華文網重排出版。

二〇〇二年　一月，寶瓶文化印行旅行散文集《北緯23.5度》。六月，聯合文學印行長篇小說《北風之南》。六、七月，長篇小說《藍眼睛》開始在《中央日報》副刊、美國《世界日報》小說版連載。八月，《革命家的夜間生活》獲金鼎獎文學類推薦優良圖書。九月，《多雨的海岸》由華成文化公司重排出版。

二〇〇三年　二月，印刻出版公司印行長篇小說《藍眼睛》。應小說家汪笨湖之邀，與歌手黃妃主持年代電視MUCH台《台灣鐵支路》。四月，九歌出版社印行散文集《茱麗葉的指環》。七月，書寫長篇小説《流旅》，十一月十一日完稿，計七萬字。

二〇〇四年

埋首於十六個短篇小説，偶撰散文。十月，應小説家東年之邀，爲其主舵之《歷史月刊》重拾遠疏十七年漫畫之筆，編繪《FORMOSA》。

二〇〇五年

二月，漫畫《FORMOSA》逐期連載於《歷史月刊》。印刻出版公司印行二〇〇二～二〇〇三手記集《時間歸零》水瓶鯨魚封面、內頁插畫。《流旅》小説，美國《世界日報》連載、《中央日報》摘刊。

七月，印刻出版公司印行長篇小説《流旅》。

文學叢書 99

INK PUBLISHING

流旅

作　　者	林文義
總 編 輯	初安民
責任編輯	施淑清
美術編輯	許秋山
校　　對	余淑宜　施淑清　林文義
發 行 人	張書銘
出　　版	INK印刻出版有限公司 台北縣中和市中正路800號13樓之3 電話：02-22281626 傳眞：02-22281598 e-mail:ink.book@msa.hinet.net
法律顧問	漢全國際法律事務所 林春金律師
總 經 銷	成陽出版股份有限公司 訂購電話：03-3589000 訂購傳眞：03-3581688 http://www.sudu.cc
郵政劃撥	19000691 成陽出版股份有限公司
門市地址	106台北市新生南路三段96-4號1樓
門市電話	02-23631407
印　　刷	海王印刷事業股份有限公司
出版日期	2005年7月 初版

ISBN 986-7420-76-4

定價　200元

國家圖書館出版品預行編目資料

流旅／林文義著.
－－初版，－－臺北縣中和市：INK印刻，
2005〔民94〕
面；　公分（文學叢書；99）
ISBN 986-7420-76-4（平裝）

857.7　　　　94011843